马明博 著

世界因你而欢喜

雪菴萬德

生活·讀書·新知 三联书店

自序

曾有人问："观音菩萨在哪里？"

太虚大师说："清净为心皆普陀，慈悲济物即观音。"

有读者问："弥勒菩萨在哪里？"

我回答："知足为心皆兜率，欢喜包容即弥勒。"

梵语中的"兜率"，译成汉语是"知足"。

当人知足、欢喜、包容时，弥勒菩萨就站在你身边。

马明博

目录

壹

欢喜佛

01 手持灯盏的人

众多的佛菩萨，你最熟悉谁？这个问题，我曾问过许多人。

有人不知释迦佛，但知道观音、弥勒——观音菩萨是救苦救难的，弥勒菩萨是给人欢喜的。

由此可知，观音与弥勒，这两大菩萨是走群众路线的典范。他们示现于人间，从大众中来，到大众中去，润物无声地将释迦佛的智慧与慈悲融入世间生活中。

因此，也可以说观音与弥勒是佛门的"形象大使"。

这两大菩萨，不仅是"佛门的形象大使"，更是浙江佛教的"形象代言人"。观音菩萨的应迹道场——普陀山，位于浙江省舟山市，为"汉传佛教四大名山"之一。弥勒菩萨的应迹道场——雪窦山，在普陀山之西约一百五十公里处，位于浙江省奉化市，是近代"人生佛教"的提倡者太虚大师眼里的"汉传佛教第五大名山"。

浙江历来经济发达，"仓廪实而知礼节"，拥有丰富的物质生活之后，人们会追求纯净的精神生活。自古以来，浙江又以"东南佛国"著称。

站在雪窦寺大山门前，古雨法师手指门楣上的匾额说："雪窦寺是

弥勒菩萨为什么要手持灯盏？虽说"佛光普
照"，但弥勒菩萨清楚，这个世界上，有不少
地方，阳光是照射不到的。菩萨也清楚，阳
光灿烂之后，夜幕降临，长夜漫漫，众生需
要光明，因此，他为众生预备了灯盏。

民间的叫法。这座寺院的名字是——"

顺着他手指的方向，我抬头望去，栗红色的匾额当中，镌刻着一方金印，下有三行鎏金大字："敕建万寿雪窦御书应梦名山资圣禅寺"。

匾额为证，山名雪窦，寺名资圣。人们常说的雪窦寺，是对雪窦山资圣禅寺的一种简称。

匾额下方，坐着一尊袒腹含笑的木雕布袋和尚。看着他的笑脸，我问同伴小雅、肖业："你最熟悉的佛菩萨是谁？"

答案依旧是"观音、弥勒"。

古雨师说："晚唐至五代期间，弥勒菩萨从兜率内院降生东土，在奉化这个地方示现为契此和尚。他手携布袋，东游西逛，也曾在雪窦山讲经说法。雪窦山是弥勒菩萨的应迹道场，更是布袋弥勒化身示现的根本道场。佛经上讲，兜率内院是弥勒菩萨在天界的根本道场。布袋弥勒示现奉化，这片土地也可称为人间兜率。"

听他说完，我正要抬脚迈进寺门槛，古雨师说："我们先去看看老雪窦，再来看弥勒大佛吧。"

进入寺院，都是"初入山门，先参弥勒"。

袒腹含笑的布袋弥勒菩萨，端坐在各地寺院的天王殿里。雪窦寺也不例外，然而，雪窦寺天王殿里的弥勒菩萨，与众不同。

他面带微笑，没有袒腹露乳；他垂足端坐，没有手携布袋；他头戴宝冠，身披袈裟，现庄严相；他左手结说法印，右手持长茎莲花灯。

弥勒菩萨为什么要手持灯盏？要知道，佛菩萨的每个姿势、动作，其中都有甚深密意。借莲花与灯盏，弥勒菩萨要告诉人们什么呢？

虽说"佛光普照"，但弥勒菩萨清楚，这个世界上，有不少地方，阳光是照射不到的。菩萨也清楚，阳光灿烂之后，夜幕降临，长夜漫漫，众生需要光明，因此，他为众生预备了灯盏。

佛，本意为"觉悟、醒来"。作为从无明中率先醒来的人，释迦佛点亮灯盏，守护着这个世界上所有的沉睡者。就像慈爱的母亲在夜里为孩子盖好踹掉的被子，释迦佛关怀、呵护、守候着每一个众生，耐心地等待他们从梦中醒来。释迦佛率先点亮了般若之灯，弥勒菩萨是传灯续焰者。

我抬头凝视菩萨的脸庞。想起《入菩萨行论》中的偈句："吾终不应当，无义散漫望；决志当恒常，垂眼向下看。苏息吾眼故，偶宜顾四方；若见有人至，正视道善来。"

菩萨垂目下视，若有所思。处于甚深观照中的菩萨，无论白天还是黑夜，都不会目光散乱地东张西望。无论徐步而行，或默然而坐，菩萨自观其心，眼睛注视身前一米左右范围。

当然，菩萨做事，讲究善巧。如调琴弦，绷得太紧，弦则易断。在一种对境中时间久了，菩萨为缓解眼睛的疲倦，也会眺望四周的风景。如果迎面有人走来，菩萨会含笑打招呼："你好！"

此刻，我来了，弥勒菩萨并没有和我说"你好"。他依然脸含微笑，专注于禅观的对境。

在菩萨的视野里，我是否出现过？这个问题，已不重要。对我来说，菩萨出现在我的世界里，才是重要的。

前两天，有人问我："弥勒菩萨从什么时候开始坐镇天王殿？"

我查阅了相关资料，从《明太祖实录》《大明律》《申明佛教榜册》、史学家吴晗的《明教与大明帝国》、前中国佛教协会会长赵朴初的《关于修复玉华寺、建立玉华玄奘纪念馆的谈话》等典籍与文章中，大致推断，寺院供奉弥勒像于天王殿，应是朱元璋建立明朝之后的事。

少年时的朱元璋曾出家为僧八年，容其寄身的寺院被元军烧毁后，他四处流浪。云游期间，他看到民众生活的艰难，同时也接触了假托"弥勒降生"的民间秘密宗教团体，了解到民众对未来希望（信仰）的强烈渴求。

建立明朝之后，朱元璋诏令禁止白莲社、弥勒教等一切"邪教"。《大明律》严格规定，凡"妄称弥勒……佯修善事，煽惑人民，为首者绞，为从者各杖一百，流三千里"。他还将明州（传说中布袋弥勒的示现之地）改名为宁波（寓意安定平静）。为了避免拂逆民众对弥勒佛的崇敬之心，他敕令将布袋弥勒像移奉寺院天王殿，严禁民间私自供奉。

流风余响所及，自明清至今，人们到佛寺参观，都要"初入山门，先参弥勒"。

雪窦寺天王殿的对联也与其他地方的不同。联语为：

大肚能容含色相
开口便笑指迷途

说到天王殿对联，人们最熟悉的是"大肚能容，容世上难容之事；开口常笑，笑天下可笑之人"。作家铁凝讲过一个故事。有一年，作家贾大山陪她去参观河北省正定县的隆兴寺。贾大山说："你看，这个弥勒佛两边的对联有问题。如果弥勒佛能容世上难容之事，就不该再笑天下可笑之人。"铁凝非常认同贾大山的看法。

"可笑"一词，多含贬义。佛菩萨对众生，只有悲悯，何来嘲贬？这副对联中的"可"字，会不会是被误读的"不"字呢？书法中行书的"可"与"不"极其相似。如果这个假设成立，那么这副对联应为"大肚能容，容世上难容之事；开口常笑，笑天下不笑之人"。

古人说"随贫随富且随喜，不开口笑是痴人"；诸佛菩萨更是"入我门来一笑逢"。弥勒菩萨祝福众生，在苦恼的世上，要学会微笑，又怎么会觉得众生可笑呢。

因此，坐镇天王殿的弥勒菩萨，无论迎来，还是送往，他总是笑眯眯的。

02 百变弥勒

过天王殿，迎面地势渐高。平台之上，建有弥勒殿。

殿前平台上，有两棵枝繁叶茂、遮天蔽日的银杏树。高大雄伟的银杏树，映衬着雪窦寺殿堂重阁的壮观。

这两棵银杏树，据说是唐宋之间五代时期的永明延寿禅师亲手所种的，至今已阅世千载。这两棵银杏是雪窦道场"十年浩劫"后的唯一历史遗存；20 世纪 80 年代，它们成为"雪窦中兴"的见证者。

当年，释迦佛坐在毕钵罗树下悟道，毕钵罗树遂以"菩提树"闻名。毕钵罗树适合生长在高温的热带，中国大部分地区处于北温带，冬夏温差大，不适宜种植该树。佛教东传以来，汉传佛教地区形成了以种植银杏、柏树、丁香树等代表菩提树的风俗。禅宗六祖慧能大师曾指出"菩提本无树"。天下的树木哪个树种不愿为释迦佛悟道提供荫护呢？所以，每棵树都是"菩提树"。

这两棵银杏树，还是一对"夫妻树"。左雄右雌，相伴相生。左侧的雄银杏，树围近五米，树高约三十米，树冠直径约二十米；右侧的雌银杏，树围约三米，高约二十二米，树冠直径约十米。

古雨师说："这两棵树值得好好看看。春绿之时，枝间翠浪起伏，

经云"佛佛道同",灯灯无碍。菩萨示现的身
相也不是固定的，他可以示现为国王、大臣，
也可以示现为乞丐。菩萨依据发起的菩提心，
以各种身相做利益众生的事业。以弥勒菩萨
来说，无论以什么样的身相示现人间，他都
能让众生获得无量的欢喜。

秋日深处，满树黄金绚烂。"

1956 年，一代文豪郭沫若来雪窦寺游览时，老僧手指殿前的两棵银杏树说："这是汉白果。"老僧所说的"汉"，指的是唐末五代时的"后汉"，而非秦汉之"汉"。郭沫若上前抚树慨叹："汉代大树，诚不虚也！"

雄银杏树下，立有一方石碑。碑上刻有：

五大名山　大慈弥勒菩萨应迹圣地
佛历二五三五秋吉旦日立

民国时期，中国佛教界领袖、"人生佛教"提倡者太虚大师首先提出："雪窦山因弥勒道场故，应列为中国佛教第五大名山。"1987 年 1 月，时值雪窦兴复之际，当时的全国政协副主席、中国佛教协会赵朴初会长来雪窦山时，重提太虚大师的主张，他说："弥勒道场雪窦山作为'中国佛教第五大名山'，应该建一座弥勒殿。"

雪窦寺内庄严巍峨的弥勒殿，即缘起于兹。1991 年，弥勒殿建成之后，"五大名山"碑也安立寺中。

古雨师说："这座石碑意义非凡。你们既然来了，就跟它合个影吧。"我邀古雨师入镜，他摆了摆手，"我为你们拍。"

我与肖业、小雅快步走到碑前站好。古雨师端起相机，摁下快门。

我说，佛光山星云大师曾笑谈"和尚的第一职业是弘法利生，第二职业就是跟人照相"。古雨师机敏地接过话头，说："今天，我又开辟出第三项业务：为人照相。"

弥勒殿中央，端坐着笑容可掬的布袋弥勒像。像高五米，祖腹露乳的他，坐在九龙团绕的青田石质的须弥宝座上。

肖业悄悄提醒我道："你看，大殿两侧——"

古雨师笑着说："弥勒殿两侧里的彩塑，是雪窦寺的一大特色。殿内有一千多尊姿态不同的彩塑弥勒小像。以"中国佛教五大名山"（普陀山观音道场、五台山文殊道场、峨眉山普贤道场、九华山地藏道场、雪窦山弥勒道场）为背景，弥勒菩萨示现为各行各业、各色人等。我们可以在这里多停留一会儿，你们好好看看。"

按顺时针方向，我自大殿西侧开始，仔细观摩这一尊尊形态各异、满脸欢喜的小弥勒。

眼前如婴儿般大小的弥勒，让人想到《道德经》中的那句"专气致柔，能婴儿乎？"纯真无染的孩子，是真正能够做到知行合一的人。虽然成年人都曾经是孩子，但随着自我欲望的膨胀，会变得越来越世故，越来越口是心非。专气致柔的诸佛菩萨，像孩子一样知行合一，以柔软的心眼对待世间的一切因缘。

眼前这一尊尊婴儿般的弥勒，或骑坐在狮子上——塑匠是不是弄错了？狮子本是文殊菩萨的坐骑啊；或站在鳌头——这又让人纳闷了，鳌头上站立的应该是观音菩萨啊；或坐在白象背上——六牙白象不是普贤菩萨的坐骑吗？我心中生出许多疑问。

脚步移动，眼前出现了更多形态各异的"百变弥勒"：有的结说法印，有的做思维状，有的手执莲蓬，有的低首捡拾谷穗，有的低头读经，有的像一休一样摊开肚皮晒经，有的手拿锤凿，有的脚踩芦苇像达摩祖师那样渡江，有的头戴地藏菩萨宝冠，有的降伏猛虎，有的扶犁耕田，有的头戴斗笠，有的泥中踩蚌，有的手捧寿桃，有的双手举向天空如练瑜伽，有的提篮，有的担水，有的挑柴，有的双手合十，有的在喝茶，有的在练武术，有的在敲木鱼，有的在扫地，有的在演杂技，有的在执扇生凉……呵呵，还有黑色皮肤的弥勒、棕色皮肤的弥勒、白色皮肤的弥勒，甚至济公形象的弥勒、踩高跷的弥勒、吹喇叭的弥勒……

这些卖萌可爱的弥勒，几乎囊括着世间各行各业。当见到的弥勒越来越多时，我心中的疑问慢慢地消失了。

经云"佛佛道同"，灯灯无碍。菩萨示现的身相也不是固定的，他可以示现为国王、大臣，也可以示现为乞丐。菩萨依据发起的菩提心，以各种身相做利益众生的事业。以弥勒菩萨来说，无论以什么样的身相示现人间，他都能让众生获得无量的欢喜。可以说，弥勒菩萨是三世诸佛欢喜心的总集；也可以说，三世诸佛的欢喜心幻化为弥勒菩萨。

在弥勒殿，我近距离地观看了弥勒菩萨为主角的一出好戏。这出戏的主题，就是菩萨巧设种种方便，接引众生出离烦恼。

说到"出离烦恼"，佛法中的出离心，不是指离开一个地方，到达另一个更好的地方。这种出离，并没有超越自我意识的范围，只是凭借个人的好恶做了一个新的取舍，本质上依然是对自我的执著。

真正的出离心，是指不执著于自我的这个角色。以"百变弥勒"来说，菩萨以智慧觉照，照见五蕴皆空，度一切苦厄，只要利益众生，无论出演什么角色，他都尽力去演。

03 名山入梦

去雪窦山的那天下午，我与小雅、肖业乘坐高铁过绍兴站时，奉化文友老糯打来电话："我已在宁波出站口恭候。"

车窗外的天与地，被细密的雨线缝在一起。我问他："宁波现在下没下雨？要不要准备几把雨伞？"

老糯说："雨在下，但不大。你们到站时，雨就会停了。"

出站时，果然无雨。

老糯领我们去停车场。

头顶上的天空，阴沉沉的，奔跑的流云，低到伸手似可及。高空云淡处，偶尔露出了太阳白白的影子，但只是一小会儿，又被流动的云遮住了。

宁波火车站附近，施工建设尚未完成，道路未能正常启用。老糯开车在街巷间绕来绕去。前方渐远处，出现了一抹青山，车终于驶上了通往奉化的高速公路。

侬软的江南，雨，也有急脾气的时候。车窗外，紧随而来的雨，其势迅疾，击打车身，噼啪作响。在雨刷的左摇右摆中，道路水淋淋地伸向远方。

赭墙翘檐的御书亭，是"应梦名山"的历史见证，阅千年风雨而屹立，淡定地静守在雪窦山口。亭边的进香路，已由质朴的石板路摇身变为平坦的柏油路。

老糯说："愿意住宾馆，还是寺院？"

"随你方便。"

"宾馆呢，在山下，吃住好一点儿，风景差一点儿。寺院呢，在山上，吃住差不到哪里，风景好！"

小雅说："我想住山上。"

"那就送你们上山吧。昨天，我遇到了太虚塔院的宏慧法师，说到你们要来。他说欢迎去塔院住。塔院有位古雨法师，说是认识你的，他可以陪你们在山上走一走。"

古雨法师是位茶知己。数年前，客旅杭州时，我曾有缘与他相见。听老糯说起他，我立马回忆起初见时的情景。清瘦高挑的他，一领顾长的灰衲，举止有仪。在我下榻处，坐定后，他打开随身的香袋，取出一方茶巾，铺在茶几上；取出一把紫砂壶，三只茶盏，在茶巾上依次摆好。他敛身正坐，双手合十："马居士，我来见你，只想为你泡一壶茶。"

诸行无常，雨亦如此。车驶上雪窦山的盘山路时，江南的雨，变得缠绵，润物无声。云养青山，眼前的雪窦群峰，碧如美玉。

车拐了一个弯，经过一个亭子，雪窦寺建筑群出现在眼前。老糯说："刚才路过的，叫御书亭，里面有宋代皇帝写的'应梦名山'的石碑。晴天的时候，你们再过来看吧。"

出弥勒殿，古雨师引领我们去大佛景区。我问起御书亭，他说："那是雪窦山被称为'应梦名山'的源头。"

雪窦山被称为"应梦名山"，有一段有趣的故事。御书亭及"应梦名山"碑，则是这段故事的注脚。

雪窦寺四周，群峰环列，唯东南一角，有一缺口，为入山之门户。

御书亭，就耸立在入山门户的南侧。

据《雪窦寺志》记载，雪窦寺"始于晋，兴于唐，盛于宋"。尤其在宋代，多位皇帝对雪窦山青眼有加，颁发敕谕四十余次。

北宋咸平二年，公元999年，北宋第三任皇帝真宗赵恒，因雪窦山高僧辈出，将晋代所建的瀑布观音院赐名"雪窦资圣禅寺"，并御书"资圣禅寺"匾额。宋代的寺院，分为有额、无额两类；有额的，是政府承认的；皇帝亲题匾额，更显寺院尊荣。

随后，景祐四年十一月，公元1037年，北宋第四任皇帝仁宗赵祯对雪窦山颁发"敕谕"："雅闻天台之石梁，近接四明之雪窦，知觉之遗风具存，应真之灵迹俨在。慨想名山，感形梦寐。"

敕谕中，还记述了仁宗梦游雪窦一事。

一天晚上，宋仁宗赵祯入睡后，"梦游八极之表"。"八极"，指八方极远之地；"表"，指屹立于地表的山林。仁宗皇帝醒来后，梦中游历的山水美景，依然历历在目。于是，他坚信不是在做梦，而是魂魄借梦做了一次远游。在梦里，他究竟去了哪里呢？为搞清楚这件事，仁宗皇帝"诏召职方氏图天下山川以进"。在职方氏所绘的天下山川图中，"双流效奇，珠林挺秀"的雪窦山，默契圣心。仁宗皇帝认为梦中游历的，便是此山。

因此，他"宣赉优隆"，派内侍张履新从京都汴梁（今河南开封）专程来雪窦山赠送礼物。如"敕谕"所记："今遣内侍张履新赉沉香山子一座，龙茶二百片，白金五百两，御服一袭，表朕崇奉之意。监司守臣，特免徭役，禁人樵采……"

宋仁宗梦游雪窦之后，赠送厚礼，豁免徭役，保护山林，令雪窦山名声大振。

淳祐五年冬，公元1245年，南宋理宗皇帝赵昀感怀先帝仁宗梦游雪窦之事，追书"应梦名山"四字，颁赐"雪窦资圣禅寺"。

翌年四月，资圣寺住持广闻禅师在寺南入山口筑"御书亭"，将"应梦名山"四字勒石为纪。《雪窦寺志》记录此事，有"宋理宗皇帝以仁宗应梦，故颁赐应梦名山四字，今有碑在寺内，闻禅师有记"数语。

御书亭，是"应梦名山"的历史见证。亭边的进香路，已由质朴的石板路摇身变为平坦的柏油路。赭墙翘檐的御书亭，阅千年风雨而屹立，淡定地静守在雪窦山口。

"你们做过来雪窦的梦吗？"古雨师笑着问。

"没有。"说完，我用目光询问小雅、肖业。

他们也摇了摇头。

梦与佛教，有很多故事。释迦佛在《金刚经》中说："一切有为法，如梦幻泡影，如露亦如电，应作如是观。"佛教东传历史的第一页，是从一个梦开始的。

在宋仁宗梦游雪窦山九百多年之前，东汉永平三年，公元60年，一天晚上，汉明帝在梦中见到一位身体散发金光的人对他微笑。次日，他召集群臣做"梦的解析"。博学多才的大臣傅毅，告诉汉明帝："听说西方天竺（印度），有位得道高人，名为佛，能飞身虚空，全身光明环绕。您梦中见到的，大概是佛。"

傅毅的话，令汉明帝很感兴趣。他派秦景、蔡愔等去西域寻访佛。蔡愔、秦景一路跋山涉水，到达天竺国。天竺国的人听到东土使者来求佛经，表示欢迎。天竺僧人摄摩腾、竺法兰，随同蔡愔、秦景来到洛阳。

永平十年，公元67年，"白马驮经"抵达洛阳。汉明帝敕建白马寺，安顿天竺僧人。摄摩腾、竺法兰在白马寺将梵文《四十二章经》译为汉语。

白马寺，作为中国第一座佛教寺院，被尊为汉传佛教的"祖庭"和"释源"。《四十二章经》作为第一部汉译佛典，开启了佛典汉译的源头。永平十六年，公元 73 年，摄摩腾圆寂于白马寺，被尊称为汉传佛教的"启道者"；后来，竺法兰圆寂，被尊称为汉传佛教的"开教者"。

说到梦，禅门里还有很多故事。像虚云老和尚梦入弥勒菩萨的兜率内院，此处暂略，容后再叙。

以佛眼看世间，只要没有觉悟，人其实就是生活在梦中。只不过人愿意把梦看成是真的。由于自我的执著，人难以知晓，眼前的一切都是心的幻现；由于没有醒来，人所经历的悲欢苦乐，都好像是真实存在的一样。

在释迦佛和我们凡夫俗子之间，其实只隔着一场梦。不同的是，他已从梦中醒来，而我们还在梦中。

绕过三重门，我们从雪窦寺走进大佛景区。

在大慈摩尼宝殿前，我们问讯了刚刚入住雪窦山的天冠弥勒。

古雨师说："你们跟弥勒菩萨缘分不浅。前天，参加了天冠弥勒入住雪窦的法会，结下了殊胜的缘。我随喜。"

摩尼殿前的天冠弥勒菩萨，来自尼泊尔的蓝毗尼。蓝毗尼，是释迦佛的诞生地；奉化，是中国弥勒布袋和尚的故乡。

2014 年 7 月 19 日，作为中尼两国佛教文化交流的重要活动、"中国雪窦山弥勒文化节"的重要活动内容之一，这尊 1.6 米高、在蓝毗尼精心锻造的铜质天冠弥勒菩萨，飞抵东土，巡游奉化。

入住雪窦山之前，天冠弥勒菩萨暂时安奉在布袋和尚的出家地岳林寺。不可思议的是，天冠弥勒进入岳林寺山门之时，太阳周围涌现出流光溢彩的巨大日晕，人们惊呼"菩萨显灵"。

9 月 18 日，弥勒文化节开幕的前一天，布袋和尚的说法道场雪窦山资圣寺举行天冠弥勒迎请法会。来自释迦故里的天冠弥勒菩萨，在悠扬的梵唱中，由数千信众恭敬迎入资圣寺。在老糯的安排下，我与小雅、肖业有幸见证了这一神圣时刻。

在天冠弥勒身上，可以看到布袋弥勒前世的
身影。也可以说，作为佛教中国化的典范，
布袋弥勒其实就是天冠弥勒为东土众生所做
的一种方便示现。布袋弥勒与天冠弥勒，本
质是不二的，如人在镜子中看见的自己。

大山门前，笑容可掬的木雕布袋弥勒，也怀着同样的欢喜，迎候天冠弥勒菩萨的到来。

眼前的场景，让人想到一则感人的佛门故事。

据《大唐西域记》记载，释迦佛到忉利天宫为母亲摩耶夫人说法，三月未归。人间的优填王敬仰佛陀，思慕成疾。他请工匠用旃檀香木雕刻出一尊释迦佛的立像，每日礼敬，奉若真佛。释迦佛在忉利天讲法完毕，回到人间时，人们跑到城外迎接。谁也没有想到，那尊旃檀佛像也出城迎接释迦佛的归来。

旃檀佛像走到释迦佛面前，合掌顶礼问讯。释迦佛伸出右手为旃檀佛像摩顶，说："你在未来将大作佛事，我圆寂后，弟子付嘱于你。"释迦佛对优填王说："你以造像因缘，使无量众生获得利益，所得福德不可计量。"

此刻，当布袋弥勒遇见天冠弥勒，布袋弥勒是否会站起来，与天冠弥勒合十问讯？就像佛经中描述的诸佛相见那样，相互慰问："少病少恼否？起居轻利安乐行否？众生易度否？"

诵经祈福后，资圣寺方丈怡藏大和尚、岳林寺住持净仁大和尚等法师为天冠弥勒菩萨开光，"用巾拂尘""举镜照空""朱笔点眼"，祈请天冠弥勒大作佛事，广度众生。

中尼友好协会尼泊尔阿尼哥协会主席萨尔波塔姆·什雷斯塔说："天冠弥勒东行至奉化，将蓝毗尼与奉化紧紧地联系在了一起。"

在天冠弥勒身上，可以看到布袋弥勒前世的身影。也可以说，作为佛教中国化的典范，布袋弥勒其实就是天冠弥勒为东土众生所做的一种方便示现。布袋弥勒与天冠弥勒，本质是不二的，如人见镜子中的自己。

天冠弥勒在镜子里看到自己成为布袋弥勒，会不会惊讶地自问："我怎么变成一个大胖子啦？"布袋弥勒看到镜子里的天冠弥勒时，会不会惊讶地自问："我的头上怎么多了一顶奇怪的帽子？"

弥勒菩萨不会怀疑镜子的真伪，因为他知道，世间所有的相（外在的显现），都是"木人窥镜，能所双亡"。把木头人放到镜子前，他能见到镜子里的木头人吗？

不能。因为木头人没有能觉察的心。

木头人没有能觉察的心，可以理解。有心的人照镜子时，又有几个能够觉察到身心的无常变化？

没有自性的觉照，尽管天天照镜子，也未必能体会到这一点。

千年前的一天，唐代的洞山良价禅师走过一座小桥时，在水中看到了自己的身影。禅师临水睹影，与你我照镜子没有什么区别，但禅师却因此而开悟。他随口吟哦出一首诗记录当下的感受："切忌从他觅，迢迢与我疏。我今独自往，处处得逢渠。渠今正是我，我今不是渠。应须恁么会，方得契如如。"

洞山临水睹影，找到了自家宝藏（自性），明白心外求佛，只会越求越远。因为能够觉照的自性，就像影子一样与人时刻相随。如果没有临水照影的机缘，禅师也不会明白这一点。如今明白了，禅师不会再向身外去求解脱了。

在流水中，洞山禅师看到的不是身影，而是自性。

在释迦佛的教法中，弥勒菩萨被称为"未来佛"。

写下"当弥勒遇见弥勒"时，我还想到了一句话："当未来佛遇见未来佛"。

释迦佛在菩提树下觉悟时，发出一句感叹："众生悉具如来智慧德相，只因妄想执著，未能证得。"也就是说，在释迦佛眼里，他是已经觉悟了的众生，而众生是将要觉悟的佛。

说到"未来佛"，不但弥勒菩萨是，你也是，我也是。

写到这里，我想起 1995 年在河北赵县柏林禅寺，明启法师逼问我的那一刻。

"佛说众生是佛。你是不是佛？"

"目前还不是。"

他大喝一声，"你就是。只是你不敢担当！"

我充满疑惑，"可是我没有'相好庄严'、'五眼六通'啊。"

"这些，不重要！只要你肯修，都会有。你的心就是你的佛。把这颗心修好了，你就成佛了。你信不信？"

"信！"

"那好，我再问你：你是不是佛？"

"未来是。"

他笑了，"那就从当下开始，好好地护持'我未来是佛'这一念心吧。"

那一刻，有一种说不出的庄严，充溢我的身心。

——在这里，我想问问你，亲爱的读者："你敢不敢相信自己未来是佛？"

如果你相信，你会看到，在未来的时空里，还有一个相好庄严的自己。你慢慢地走向他，他慢慢地走向你。走在修行的道路上，你最终将遇见真实的自己。

古罗马神学家奥古斯丁说："信仰，就是要我们相信还不曾看到的。这种相信的回报，就是看到我们所相信的。"

绕过摩尼殿之后，我远远看到在成佛大道的尽头，在青山绿水间，端坐着"未来佛"布袋弥勒。

如果相信自己是"未来佛",请从当下开始,"诸恶莫做,众善奉行,自净其意"。在遇见自己的"未来佛"之前,我们都是行走在修行道路上的人。

05 欢喜佛

雪窦山的露天弥勒大佛，现比丘相、罗汉身、菩萨意、布袋形。他双耳垂肩，袒胸露腹，端坐青山畔；左腿盘坐，右腿竖直；左手捉布袋，右手握佛珠；慈视人间，笑容可掬。

走向摩尼殿后的龙华广场时，古雨师的手机响了。

接完电话，古雨师一脸歉意地说："失陪了。我要回塔院处理些事儿。"他合十低首，转身而去。古雨师主持的僧家茶道研习所即将挂牌。他能撇下烦琐的事务，抽出时间陪我们，令人感动。

龙华广场四角，威立着四大天王。

四大天王，是佛门重要的四位大护法。手持琵琶的，为东方持国天王；手执利剑的，为南方增长天王；一手执龙蛇、一手执珠的，为西方广目天王；手拿伞盖的，为北方多闻天王。他们护持着走在修行道路上的人，多看，多听，保任，精进。

过龙华广场，走进五灯会元殿。殿中央有一个巨大的灯油海，海中注满香油，燃着五盏明灯。看殿的香灯僧说，这五盏灯的火焰，分别取自观音道场普陀山、文殊道场五台山、普贤道场峨眉山、地藏道场九华山和弥勒道场雪窦山。自2013年9月1日点燃起，这五盏灯没有熄灭过。

"随喜抱佛脚"这句话，知道的人少；知道
"临时抱佛脚"的人多。随喜与临时，一词之
差，意境迥异。"随喜抱佛脚"，不是遇到难
事才想到佛菩萨，是平日与佛结欢喜缘，为
自己种无量福。

小雅随喜施舍净资，为五山五灯添油。

我与肖业随喜她的功德。

随喜，是佛门修心的法门之一。什么是随喜？《俱舍论》说，见到他人行善业，心不嫉妒，欢喜赞叹，即是随喜。

随喜有什么功德？释迦佛说，见到别人行持善法，能发自内心地随喜赞叹的人，和行持善法的人获得一样的福德。

有一天，波斯匿王迎请释迦佛及僧众前来应供。城中有位贫女随喜赞叹说："波斯匿王由于往昔积累的无量福德，今生成为国王；如今他又供养释迦佛，种下殊胜的福田。这实在是太稀有了！"应供结束做功德回向时，释迦佛问波斯匿王："供僧的福德无量无边，是先回向给你，还是回向给福德更大的人？"波斯匿王说："当然要回向给福德更大的人。"于是，释迦佛做回向时先念了那位贫女的名字。

过五灯会元殿，沿成佛大道拾阶而上。三百多个台阶，一口气走过，三人都走得气喘吁吁。

站在佛坛基座下，抬头仰观，佛坛建筑分为三层。标识牌上有文字介绍：下层为基座，高十四点七四米；中层为莲花座，高九米；上层为大佛，净高三十三米。这些数字，又有特殊的寓意：三十三米高的弥勒像，象征着弥勒菩萨身居三十三天"兜率内院"；三层建筑总高度五十六点七四米，象征着弥勒菩萨将于五十六亿七千四百万年后降生人间，在龙华树下觉悟成佛，广度众生。

佛坛基座高处，有一方石匾；匾上四个金光灿灿大字："人间弥勒"。据说是佛光山星云大师的手泽。

2008 年 11 月 8 日，弥勒大佛落成开光。兹日起，来雪窦山朝礼的人，都喜欢登到弥勒大佛雕像前的平台上，去"随喜抱佛脚"。

既入宝山，焉能空回？我们三人欢喜地买了香花券，去"随喜抱佛脚"。

"随喜抱佛脚"这句话，知道的人少；知道"临时抱佛脚"的人多。随喜与临时，一词之差，意境迥异。

"临时抱佛脚"，多含贬义，多用于形容人做事毫无准备，事情来了，才临时想方设法去应付。往深处想想，人在遇到难题的时候，能想到求佛菩萨加持，还算是有福报的。毕竟他知道，谁都指望不上的时候，还有佛菩萨可以依靠。"随喜抱佛脚"，不是遇到难事才想到佛菩萨，是平日与佛结欢喜缘，为自己种无量福。

曾有一位国王，梦中听到一句箴言。牢记这句箴言，便可以幸福一生。可惜，国王醒来后，把那句箴言忘了。他非常伤心，捐出一枚大钻戒，张榜天下："谁能帮我把那句箴言找回来，谁就是这枚钻戒的主人。"举国上下，无人应榜。国王求助于释迦佛。释迦佛要过国王的钻戒，在上面写了一句话，又还给了国王。释迦佛写的是"一切都会过去的"，这句话，正是国王梦中听到的。

俗话说"无事不登三宝殿"。无论国王，还是乞丐，谁都难免会遇到困难。有事登三宝殿，不如平日多"随喜抱佛脚"，广结佛缘，广结善缘。当然，对临时抱佛脚的人，佛菩萨也不会拒绝帮助的。

走到电梯口时，管理员歉意地对我们说："停电了。可以退票。"问："有没有其他办法上去？""那你们得走楼梯。"

电梯停电，不妨看作弥勒菩萨给我们出的一道测试题。如果有电，我们就选择乘电梯上去；遇到停电，我们就选择脚踏实地，走楼梯上去。退票的事，我们不做。能登上般若船的人，哪一个愿意退票呢？

站在佛前的平台上，可以清晰地观瞻弥勒大佛的笑脸。

大佛有多大？著名篮球运动员姚明，如果站在弥勒大佛左脚前，他只能与大佛的第四个脚趾头比高下。我们前面，有五六个人在排队抱佛脚，我和肖业、小雅排在后面。

大佛脸上的微笑，让人陡然生出几多感慨。人潮汹涌的大街上，不知从何时起，笑脸越来越少。迎面而来的脸庞，要么苦大仇深，要么高傲冷漠，要么自卑麻木，要么愁容不展……笑脸都去哪儿了？

布袋弥勒是汉传佛教和乐人间的"欢喜佛"，来朝礼雪窦山的人，都应该前来"随喜抱佛脚"。

说到"欢喜佛"，对藏传佛教有所了解的人，或许会暗自一笑。在藏传佛教中，"欢喜佛"与男女性事（双修）有关。有一年，在北京雍和宫，我初次见到有关"欢喜佛"的塑像时，有一种怪怪的感觉。

"欢喜佛"为什么会示现人间？这要从被藏传佛教誉为"第二释迦"的瑜伽士莲华生说起。公元 8 世纪，莲华生应藏王赤松德赞之请，从克什米尔地区来到藏地弘扬佛法。当时，他有妻子，是以在家居士身弘扬佛法的。他像维摩诘菩萨一样，虽示现为居士身，但深入佛法，最终同样获得了究竟解脱。

在家人有妻子，与释迦佛的教法没有冲突。如果出家众进行"男女双修"，并以此"勘验他人有无分别心，是否破除了执著"，则是堕入邪见。在《楞严经》中，释迦佛明确指出："若不断淫，修禅定者，如蒸沙石，欲其成饭，经百千劫，只名热沙。"

试想之，如果世间真有"男女双修"这样殊胜的解脱法，身处温柔乡也能获得彻底的觉悟，释迦佛又何必断除男女性事，离开妻子耶输陀罗，只身到山林中苦修？释迦佛说，他视一切众生如独子罗睺罗。如此殊胜的解脱法，更便于心有执著的众生获得解脱，释迦佛又怎会有所保留、隐匿不说？

经常有人问："禅在何处？如何禅修？"其实，眼前的弥勒大佛，就是现成的答案。

当你微笑时，禅，就在你的脸上。当你保持微笑时，你就在禅修中。不要简单地把禅修理解为盘腿端坐、一动不动。本质上，"禅"是一个动词。借由脸上的微笑，对自己的行住坐卧保持觉照，你随处可以体验"禅在哪里"。

在觉照中微笑，在微笑中觉照——这两句话，甚至可以说包容了释迦佛的完整教法。因为，对自己微笑是智慧，对他人微笑是慈悲；能平等地对自己和他人微笑，则是"悲智双运"。

贰

人间弥勒

01 弥勒的性格

摩尼殿前，来自释迦佛出生地、尼泊尔蓝毗尼的天冠弥勒，让我想到了释迦佛及其同时代的弥勒。

弥勒，是南传佛教、汉传佛教、藏传佛教三大法系均认可的一位菩萨。之所以突出这一点，是因为汉、藏佛教法系中的众多菩萨，得到南传佛教所认可的只有两个：一个是成道前的释迦，一个是身居兜率内院、当来下生度化众生的弥勒。

说到成佛与修行，南传佛教有句格言说："没有自然的释迦，也没有天生的弥勒。"

弥勒菩萨，古印度实有其人，他与释迦佛生活在同一时代。

据《贤愚因缘经》记载，释迦佛自兜率天降生人间时，弥勒、文殊等菩萨亦随之来到人间。

弥勒降生在印度波罗奈国一位大臣之家。据说，在怀孕之前，弥勒的母亲脾气暴躁；怀孕之后，她的性格柔顺，令人称奇。或许是这个缘故，父亲为新生的儿子取名为"弥勒"。弥勒，汉译为"慈爱"。

弥勒从小不食肉，他心地慈仁，超乎常人，因此人们又叫他"阿逸多"（无能胜，指他的慈爱无人能够超越）。

弥勒生长于经济富裕的贵族之家，出家之后
的他，依然保持着贵族生活的习惯，喜欢获
得好的名声，喜欢穿华丽的衣服，喜爱美食，
甚至喜欢与有钱有势的人交朋友。释迦佛选
弥勒作为"接班人"，着实耐人寻味。——图
为印度出土的公元 5 世纪的弥勒造像速写

按印度习俗，孩子出生后，要请相师预测未来。相师预言弥勒长大后将成为国王。消息传到国王耳中。国王担心未来会发生政变，就派人四处寻找这个孩子。

因此，父亲便将弥勒寄养在妻子的哥哥波婆利家。

随着年龄的增长，弥勒显示出与众不同的聪慧。长大成人的弥勒，因仰慕释迦佛的庄严与智慧，他出家为僧了。

出家后的弥勒，在修行上，不以个人的解脱为目标，而是与文殊、普贤、观音等大乘菩萨一起，发愿在自己解脱的同时，帮助他人获得解脱。

因此，大乘经典中，弥勒占有一席之地。如《华严经》中，弥勒幻现庄严楼阁，令善财童子体悟法界的意义；如《仁王护国般若经》中，弥勒与波斯匿王共同见证佛现稀有之相；如《法华经》中，弥勒与文殊共担弘扬流通"法华"之重任；如《解深密经》中，释迦佛将瑜伽唯识之教传给弥勒，让他广为弘扬、传播。

释迦佛还授记弥勒"次当成佛"，从兜率内院降生人间，在龙华树下觉悟成佛，教化释迦佛没有度尽的众生。因此，弥勒虽现菩萨身，却被尊为"当来下生弥勒尊佛"。

在《观弥勒菩萨上生兜率天经》中，释迦佛说："却后十二年二月十五日，还本生处，结跏趺坐，如入灭定，身紫金色，光明艳赫如百千日，上至兜率陀天。"释迦佛预言弥勒将先于他在人间入灭，回兜率内院。

据佛典记载，弥勒在性格上有着许多弱点。如《法华经·序品》中，文殊菩萨指出弥勒"心常怀懈怠，贪著于名利，求名利无厌，多游族姓家"。如在《楞严经》中，弥勒自说："忆我往昔，有佛出世，名曰月灯明，我从彼佛而得出家，心重名利，好游族姓。"

弥勒生长于经济富裕的贵族之家，出家之后的他，依然保持着贵族生活的习惯，喜欢获得好的名声，喜欢穿华丽的衣服，喜爱美食，甚至喜欢与有钱有势的人交朋友。

像弥勒这样的人，为什么会成为释迦佛的"接班人"呢？

这，着实耐人寻味。不禁让人联想到英国作家奥·王尔德的那句名言："每个圣人都有过去，每个罪人都有未来。"

大爱道比丘尼，释迦佛的继母，也是他的姨母，亲手做了一件金缕袈裟，供养给释迦佛。

释迦佛慈悲地说："我已有僧服，请您将此衣供养僧众中的需要者。"

大爱道说："这是我发心为您做的，请接受它。"

释迦佛说："供养僧众，福报最大；我知母心，是以相劝。"

大爱道将袈裟拿到僧团中，请需要它的僧人使用它。僧众一致认为，这件袈裟华贵庄严，只有释迦佛可以受用。因此，大家次第相传，无人接受。袈裟传到弥勒手中，他毫不犹豫地披到身上。

一天，释迦佛率僧众入城乞食。弥勒身上穿的这件华美的金缕袈裟，引人围观，惹人注目，弥勒颇为开心。由于这件华美袈裟的缘故，还有人给弥勒供养了美食。弥勒没有按释迦佛的教导将美食拿回僧团分享，而是美美地独享了一顿。

弥勒的这些做法，与释迦佛的教导有所出入。僧团对弥勒颇有议论。弥勒却好像什么事也没有发生一样，根本不把这些议论放在心上。

有一天，在讲法时，释迦佛预言弥勒"次当作佛"。当即引起僧众质疑。

归纳起来，质疑原因有三：一、弥勒虽是佛的出家弟子，但他既没有位列释迦佛十大弟子之列，也没有证得阿罗汉果；二、弥勒在僧团中没有什么影响力，只是一个凡夫；三、释迦佛座下有很多出色的弟子，比如"智慧第一"的舍利弗、"神通第一"的目犍连、"苦行第一"的迦叶、"多闻第一"的阿难，这些大阿罗汉们，力修戒定慧，断尽贪嗔痴，比弥勒更有资格荣膺候补佛位的授记。

在《观弥勒菩萨上生兜率陀天经》中，法会现场，"持戒第一"的优波离，当即从座而起，问释迦佛："这个阿逸多，是凡夫身，并没有断离诸漏。最要命的，是他虽然出家，却不修禅定，不断烦恼，为什么您授记他次当作佛？"

释迦佛微笑着说出了他为弥勒授记的因缘，解除了僧众们的疑惑。同时，释迦佛还安排"苦行第一"的迦叶尊者手捧释迦佛的袈裟到鸡足山中入定，等弥勒成佛时，传付这件袈裟。

在佛法中，我们生活的这个世界，名为"娑婆世界"。娑婆世界，是不完美的世界。在一个不完美的世界，怎么可能有完美的人？

这些故事，暴露了弥勒性格上的诸多缺点；这些缺点，也是娑婆世界中每个人身上同样具有的。释迦佛之所以授记弥勒"次当作佛"，是因为他看到了弥勒身上具备着他人不具备的优点。

春秋时期，卫国有个大夫，叫宁武子。如果国主开明，他就表现得非常智慧；如果国主昏庸，他就凡事装糊涂。在《论语》中，孔子称赞宁武子"其智可及也，其愚不可及也"——他的聪明才智，他人可以模仿；他装糊涂的本领，别人却模仿不了。

人间的弥勒，表现出这样那样的"愚"。但这些，并不妨碍他在解脱道上的"智"。弥勒与你我有什么不同呢？——他身上的缺点，你我都有；他无碍的智慧，你我却未必具备。套用孔子的话说，则是"其愚可及也，其智不可及也"。

"弥勒"这个名字，梵文与巴利文两者读音相似，大致为"梅怛利耶"。

梅怛利耶与弥勒，彼此之间读音差异有点大。早在唐代，玄奘法师就发现了这个问题。

玄奘法师在印度那烂陀寺深入学习《瑜伽师地论》后，更是坚信弥勒的名字被翻译错了。汉译佛经时，他将"弥勒"改译为"梅怛利耶"。他想不到的是，他虽然译对了，但他的"梅怛利耶"和他改译"观自在（观音）"一样，人们并不接受。

这，又是怎么一回事？

当代著名学者季羡林先生研究发现，古梵文"梅怛利耶"，在译为汉文之前，先被转译成吐火罗语"弥勒"。汉译佛典中的"弥勒"，是从吐火罗语转译过来的。

在吐火罗语中，"弥勒"的意思，跟梵文"梅怛利耶"是一致的，都代表"慈悲"。因此，弥勒菩萨有时也被称为"慈氏菩萨"。

弥勒与观音，虽同具慈悲，又略有不同。观音侧重于拯救众生的悲苦，故名"大悲"；弥勒侧重于把慈乐带给众生，故名"大慈"。

02 素食主义的倡导者

慈溪书友强立，听说我在雪窦山，便兴冲冲地驱车来访。向晚时分，他来到塔院，执意要拉我们下山，"好久不见，到山下欢聚一下。天天在山上吃斋是不行的，要吃点肉补一补身子。"

小雅平日"无肉不欢"，连日清斋，对她颇为煎熬。此刻，她听了，最为开心。

肖业吃了多年的全素，他本不想下山，但又不忍拒绝强立的热情，只好相随。席间，肖业只吃"肉边菜"。肖业吃全素，是有故事的。数年前，他健康出现问题，住院治疗时，梦中遇到菩萨指点，开始吃全素，身体也渐有起色。

平日居家生活，我以吃素为主；在外面就餐时，有时会吃点儿"三净肉"。

因此，我要求强立要我们结成"统一战线"，晚餐以素食为主，辅以"三净肉"。

汉传佛教为长养慈悲，鼓励护生，要求出家人完全素食，要求在家居士未能完全素食者吃"三净肉"。所谓"三净肉"，也是佛门度生的一种善巧方便。第一净是"眼不见杀"，即没有看到动物被宰杀前的凄惨

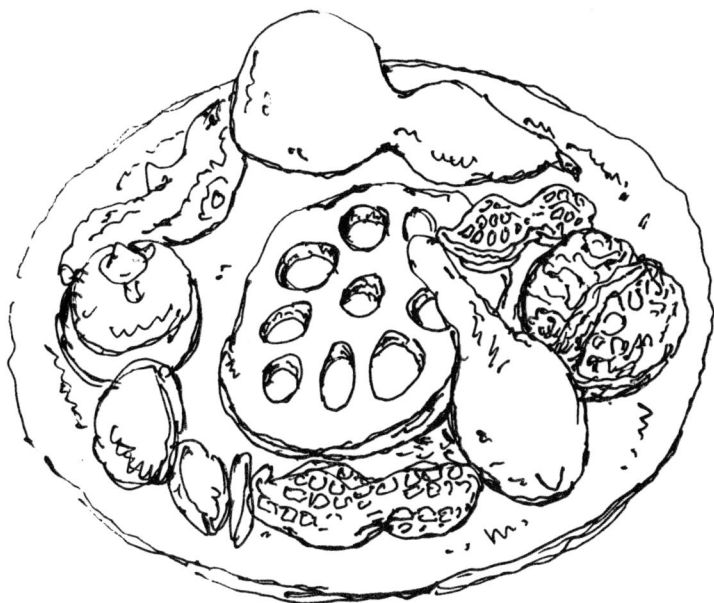

在中国历史的视野中，梁武帝是汉传佛教提
倡素食的第一人；在人类文化的大视野中，
"弥勒菩萨则是最早的素食主义的倡导者与实
践者"。

景象；第二净是"耳不闻杀"，即没有听到动物被宰杀时凄惨的叫声；第三净是"不为己所杀"，即所食之动物并非为款待你所杀。举例说，你到亲友家作客，亲友为款待你而杀鸡宰鸭，那鸡鸭缘你而死，便不是"三净肉"。

强立走的地方多、见识也广，他说："你们何苦这样认真呢？我看西藏的喇嘛好像也是吃肉的。"

我告诉他："南传佛教地区，像斯里兰卡、泰国、缅甸等，僧人外出乞食时，遇到'三净肉'，也可以吃。"

法国人类学家列维·斯特劳斯发现，食物的禁忌，是不容忽视的文化现象。不同的地域、不同的族群，有着不同的食物禁忌。食物的禁忌，既在身体内外建立起一道不可逾越的界线，更成为维系族群稳固的纽带，进而成为信仰生活的一部分。

在中国古代的知识分子群体中，有人追求"饭蔬食"的简朴生活方式，并认为这样做符合内在的道德秩序。在公元6世纪之前，中国人对素食并无道德标准；相反，在一些献祭仪式上，人们甚至认为酒肉是献给神灵的最好礼物。

当代人类学家王铭铭研究发现，佛教东传以后，在印度地区本来并不严格的素食规矩，并没有立刻得到推广。南朝时，梁武帝率先明确提出僧人饮食的禁忌。

梁武帝萧衍，先习儒，再奉道，后归佛。公元523年5月，他颁布《断酒肉文》，并召集梁朝境内的一千多位僧人举行法会，先诵读佛经里禁止肉食的相关经文，继而由一位法师宣讲"食肉者断大慈悲"，在法会结束前，宣读梁武帝亲撰的《断酒肉文》，用以强调。在国家行政力量的干预下，《断酒肉文》，既像"约誓"，又像国法。从此之后，若僧人饮酒吃肉被举报，要"依王法治问"。

僧人完全素食，当时只在梁朝的有限势力范围内宣导。僧人饮酒食肉之现象，直到唐代，依然有个别的存在。如著名僧人书法家怀素在《食鱼帖》中明确写道："老僧在长沙，多食鱼，及至长安，多食肉……"怀素的草书佳作，大多是在醉酒状态下完成的，这种状态被记录为"狂来轻世界，醉里得真如"（诗人钱起诗句）。在整个汉传佛教地区，僧人素食的习俗，在宋元后才逐渐普遍、定型。

无论人们对梁武帝"素食主义政策"如何评价，其产生的历史影响却是巨大的。素食，不仅直接体现了佛家的"众生平等"智慧，还以拒绝吞噬其他生命实践"非暴力"主张，表达出人对其他生命的尊重，更成为自我约束、提升心性的行为范式。时至今日，无论儒家、道家，都在一定程度上接受了素食的道德价值观。

强立听着，一直没有拿起筷子。他说："你这一席话，让我明白了许多事情。这顿饭吃得有意义。"

在中国历史的视野中，梁武帝是汉传佛教提倡素食的第一人；在人类文化的大视野中，"弥勒菩萨则是最早的素食主义的倡导者与实践者"（前中国佛教协会副会长明旸法师的观点）。

在《一切智光明仙人慈心因缘不食肉经》中，释迦佛讲述了人类素食的缘起。

在很久很久以前，有一位弥勒佛，在世间演说慈、悲、喜、舍四无量法来教化众生。当时，有位叫一切智光明的修行人，精通各种技能，智慧广达，受弥勒佛所度化，诚心奉持佛经，发下誓愿，将来一定要成佛，而且佛号同样是弥勒。

一切智光明舍家入山，勤修梵行，八千岁中，少欲无事，乞食自活，诵持《慈三昧经》，一心不乱，被时人称为"仙人"。

一切智光明仙人在山中修行期间，有一年，由于洪水泛滥，农作物歉收，仙人乞讨不到食物，接连七日没有吃到一丁点儿的食物。

当时，山中有五百只白兔子，兔王妈妈看见仙人快要饿死了，便发心舍身供养仙人，以护持佛法的延续。兔王妈妈对小兔子说："孩子，我要舍身供养佛法，以后，你要照顾好自己！"

山神、树神为了配合兔王，准备好了火坑。

兔王妈妈再次叮嘱小兔子："为了让佛法留传世间，为了让仙人活下去，为了造福更多人，妈妈要离开你了，你要好好珍重啊！"

小兔子说："妈妈，既然供养仙人能护持佛法，这样的善事，我也要做！"

说完，小兔子抢在妈妈之前跳进了火坑，兔王妈妈随之跳入火坑。

等到兔肉烧熟了，山神、树神就把这一切告知给了一切智光明仙人。

仙人听后，心中充满悲痛，他说："宁当燃身破眼目，不忍行杀食众生；诸佛所说慈悲经，彼经中说行慈者；宁破骨髓出头脑，不忍啖肉食众生！"他同时发下誓言："愿我世世不起杀想，恒不啖肉，乃至成佛，制断肉戒。"

说完，仙人投身火坑之中，跟白兔母子一起命终。

讲到这里，释迦佛对大众说："当时的兔王，就是我的前身；小兔子就是我的儿子罗睺罗；而一切智光明仙人，就是今日法会上的弥勒菩萨。"

这部经典，记述了弥勒对一切众生不起杀想的广大慈心观，他制定"断肉戒"，规定追随者不得食肉，是佛教素食的思想源头。

小雅听后，把筷子往桌上一放，说："以后，我计划断肉了！"

大乘菩萨有慈、悲、喜、舍四无量心。所谓"慈心"，是"愿诸众生永具安乐及安乐因";所谓"悲心",是"愿诸众生永离众苦及众苦因";所谓"喜心",是"愿诸众生永具无苦之乐,吾心怡悦";所谓"舍心",是"愿诸众生远离贪嗔之心,住平等舍"。

释迦佛说,四无量心,慈为第一。作为素食主义的提倡者,弥勒菩萨因修慈心而最被众生尊敬。

研究发现,素食确实可以改良人的性格。素食有助于培养善良、朴素、安宁、坚韧、纯净、简明的人生态度。蔬菜中的汁液、叶绿素与植物纤维,可帮助人降低血压、舒解心情,因而素食者脾气柔和慈乐。而食肉者,由于肉食分解后的毒素在体内积存较多,人会变得暴躁不安,借由多动方能释放,因此容易滋事。

03　佛门造像第一人

晚饭后，强立开车送我们回塔院。在山上，因远离了城市璀璨的灯火，夜空中的群星开始闪耀。

原以为他能在寺中住一晚，没想到，送我们到塔院后他马上要赶回慈溪，无奈地说："人在江湖，身不由己。我也想留下来多陪陪你，可明天的事，又实在推不开……"

只好叮嘱他山间夜路开慢些，抵家后，来电话报平安。一个小时后，接到他打来的电话，我便上床入睡了。

次日醒来，天光早已放亮。窗外一片细碎的雨声。人在塔院，下雨也不用打伞，环绕的回廊，可以带你到寺中每处殿堂。

早餐后，我喊上肖业、小雅在寺内走走。我们来到摩尼殿，对弥勒菩萨顶礼三拜。弥勒菩萨的造像有三种：一为菩萨像，一为佛像，一为布袋和尚像。塔院摩尼殿中的弥勒菩萨，是佛像。他示现佛身，面如满月，身披璎珞，结跏趺坐于莲台上，左手扶膝，右手作说法状。

佛教对造像极为重视，因此也称"一代象教"。佛教的造像史，同样是一部记录佛教深入人心的历史。

汉传佛教有关弥勒造像的记载，最早见于法显《佛国记》。法显是

瞻礼弥勒菩萨所造的释迦佛像后，玄奘法师感
慨道："像今尚在，神功不亏！"根据玄奘法
师的记录可以推断，在佛门中，第一个具体可
考的为释迦佛造像的人是弥勒菩萨！图为印度
菩提伽耶正觉塔内的释迦佛成道像速写。

东晋时期的一位僧人，他是我国第一位到印度求法的僧人。在途经北印度名为陀历的小国时，法显见到一尊颇为灵验的木雕弥勒菩萨像。据说，陀历国有一位具足神通的阿罗汉，他将一位巧匠送至兜率内院，令巧匠仔细观察弥勒菩萨的身相，在人间造出这尊弥勒像。这尊弥勒像经常在夜晚放出光明，人们竞相前来礼拜。

根据《阿含经》中有关弥勒菩萨的记载，早期的弥勒信仰萌芽于公元1—2世纪。世界上现存最早的弥勒造像，出土于印度北部的玛兹拉地区，据学者推断，该立像完成于公元130—150年之间。

佛教造像中的佛与菩萨，如何区分呢？佛像一般头饰螺髻发，顶部肉髻高高隆起，髻顶饰有宝珠，身披袈裟，无项链、璎珞等饰物；菩萨像多头戴珠宝严饰的宝冠，身披绸衣，饰有璎珞、项链。

在印度其他地区，均出土过公元2世纪左右贵霜王朝时期的弥勒造像或弥勒壁画。弥勒菩萨多为左手持瓶、右手做说法状。在东印度地区，还出土了公元6世纪的弥勒造像，手持莲花，头上结髻，并饰有佛塔；头饰佛塔，表明弥勒作为未来佛已被广泛信仰。

三国时期，随着支谦汉译《维摩诘经》，汉传佛教中出现了弥勒菩萨形象。此时的弥勒菩萨，并没有成为信仰主体，他在释迦佛的法会中出现时，只是接受释迦佛教化的角色。

到魏晋南北朝时期，有关弥勒信仰的经典不断汉译，弥勒菩萨的造像也不断增多。北魏时期，河南洛阳的龙门石窟共造像二百零六尊，据统计，其中释迦佛四十三尊，弥勒像三十三尊，观音像十九尊，阿弥陀佛像十尊。当时弥勒信仰之盛，这些数据便是证明。

历史细节的真实性，需要同时代的出土文物作支撑。在《佛国记》中，法显记录说，这尊弥勒像，是在公元前2世纪雕刻的。这段文字引出一个新的问题：公元前 2 世纪，会不会出现弥勒造像呢？

在公元前 6 世纪，宣讲缘起性空的释迦佛并不主张为自己造像。原始佛教时代的《十诵律》，明确记载"佛身像不应许"。以此判断，现存的所谓出现于释迦佛时代的佛陀画像及造像，应该都是后人假托附会的作品。从佛教造像史的角度说，自释迦佛入灭至公元前 1 世纪，属于佛教艺术的无像期。

公元前 3 世纪，孔雀王朝的阿育王晚年在大力弘扬佛教的同时，对妄造佛像的尼乾陀部族大开杀戒，几近灭族。力行慈悲的阿育王，为什么会如此残忍？在阿育王对佛法的理解中，妄造释迦佛像，是对圣者的冒犯与亵渎。目前，印度最古老、可辨识的图像装饰的佛教艺术品，是阿育王时代的石柱。石柱上没有佛像，只有象征物。比如，以"足迹"代表佛存在，以"象"代表佛诞生，以"马"代表佛出家，以"菩提树"代表佛成道，以"车轮"代表佛说法，以"狮子"代表佛庄严。

又过了一百多年，希腊人进攻印度西北部，建立大夏国，引入希腊的偶像雕刻法，始开佛教造像之风。

此时，距离释迦佛入灭已近四百年，谁也无法知道历史上真实的释迦佛是什么样子。造像者只能凭空想象，参考佛典中的记载，释迦佛的身体不同于常人，参考传说中的转轮圣王相，匠人创造出具有"三十二相、八十种好"的佛像。

客观地说，初期出现的释迦佛造像，如双手过膝、手足网缦如鹅王（手脚有鹅掌之蹼）、左右舐耳等，都是想象的产物。

公元 1 世纪后，贵霜帝国统治了印度西北部。被称为"第二阿育王"的迦腻色迦王大力弘扬佛法，塔寺与佛像大量出现。在公元 5 世纪之前，犍陀罗地区流行的希腊风格的造像艺术达到顶峰。

公元 7 世纪，唐代译经大师玄奘游学印度时，在菩提伽耶（位于印度比哈尔邦南部）的正觉塔内，他见到了传说中最早出现的释迦佛成道像。这尊成道像，形象地再现了释迦佛 35 岁在菩提树下觉悟成佛的模样。据说，造像之初，慈氏菩萨（弥勒）化现为婆罗门，自愿请造"如来妙相"。

关于这尊造像，玄奘在《大唐西域记》中记述道："……精舍既成。招募工人欲图如来初成佛像。旷以岁月无人应召。久之，有婆罗门来告众曰。我善图写如来妙相。众曰。今将造像。夫何所须。曰香泥耳。宜置精舍之中。并一灯照。我入已坚闭其户。六月后乃可开门。时诸僧众皆如其命。尚余四日未满六月。众咸骇异开以观之。见精舍内佛像俨然结跏趺坐……既不见人方验神鉴。众咸悲叹殷勤请知。有一沙门宿心淳质。乃感梦见往婆罗门而告曰。我是慈氏菩萨。恐工人之思不测圣容。故我躬来图写佛像……"

瞻礼弥勒菩萨所造的释迦佛像后，玄奘法师感慨道："像今尚在，神功不亏！"遗憾的是，他当时没有请人将佛像图摹下来带回大唐。根据玄奘法师的记录，在佛门中，第一个具体可考的为释迦佛造像的人，是弥勒菩萨！

写到这里，也顺便提一笔。四川喇荣藏传佛教五明佛学院的索达吉堪布曾说："佛陀在世时，有人按佛陀二十五岁的外貌造过一尊像，现存放于兜率天；佛陀八岁和十二岁的身像由嘎玛博修工巧师所造，现分别安放在拉萨的大昭寺和小昭寺。这三尊佛像都是佛陀亲自开光的，与真正的佛陀没有差别。"

索达吉提到的释迦佛等身像，尤其是嘎玛博修所造、尚在人间的这二尊，其流传的历史是怎样的？在《佛像解说》《佛像的历史》等书籍中，我未能找到其具体的、能自相续的史料作为依据。但是，就像不能否认弥勒菩萨曾造释迦佛成道像一样，也不能否认嘎玛博修所造的释迦佛等身像的真实性。

这些流传于世间的佛造像，如能符合历史的客观记录，当然更好。即便在史料中找不出佛像流传的记载，也不能轻易地予以否认。因为符合信仰的需要，就有存在的价值；史料能不能佐证，是另外一回事。

04 未来新世界

每天清晨，在塔院醒来，睁开眼睛，就会看到窗外美丽的世界。

雪窦山上，风轻云淡，树木青郁，空气清新，虽时有风雨，但没有雾霾，置身山中，神清气爽。

因为下雨，来山上的游客明显稀少，塔院格外静谧。

早斋后，读了一会儿书后，我跑到古雨师的寮房，蹭茶喝，蹭网上。古雨师的书架对我也是开放的，他说："架上的书，如果有同样的，我可以送给你一本；如果只有一本，你可以先拿去，但要还我。"

在阅读上，我虽然是杂食主义者，但很少读流行的快餐书。作家海明威有一句话，一直影响着我的阅读取向，他说："50 年内出版的书可以不看。"仔细想想，这句话真深刻！一本书如能经过五十年时光的检验，而依然被人记得，肯定有它的价值。一本有价值的书，不仅能提升人的性灵，还能推开一扇门，引领人走进一个美好的、未来的新世界。

我喜欢乱翻书，乱翻书有好处，也有坏处。好处是视野开阔，知道的事情多；坏处是浅尝辄止，模糊掉许多细节。像弥勒菩萨与释迦佛之间的故事，我只知道大概，但记不清出处与细节。

弥勒之"不修禅定",并非否定禅定,而是不
停留于甚深禅定之中。菩萨一旦乐于禅定,
就不愿再去体验众生的种种痛苦了。弥勒之
"不断烦恼",不过是以众生的烦恼为自己的
烦恼而已。

比如，弥勒与释迦曾为同学，他们同在一位如来座下修行。查《释迦如来应化录》，我才搞清楚，那位如来法名"弗沙"。

再如，弥勒学佛的历史，甚至比释迦佛还要早。那么，为什么释迦佛反而提前成佛了呢？读《弥勒菩萨所问本愿经》时，我才找到答案：弥勒偏重慧学，释迦佛注重精进，因此后来居上。

释迦佛回忆这段往事时，对阿难说："弥勒发意先我之前四十二劫。我于其后，乃发道意，于此贤劫，以大精进超越九劫，得无上正真之道成最正觉。"

释迦佛比弥勒早九劫成佛，依靠的是精进，破除我执（"我"及"我所有"）。如经中所说："我（释迦佛）以十事，致最正觉。何等为十？一者所有无所爱惜，二者妻妇，三者儿子，四者头目，五者手足，六者国土，七者珍宝财物，八者髓脑，九者血肉，十者不惜身命。"

释迦佛告诉阿难，他在成就佛道时，为了利他，他布施出自己的一切所有，珍宝财物，甚至国土，他舍弃了自己的妻子、儿子，甚至头目、手足、髓脑、血肉，甚至生命。

我猜想，弥勒菩萨或许在"难行能行，难舍能舍"方面有所保留吧。因此，他比释迦晚成佛九劫。

释迦佛告诉阿难："弥勒菩萨本求道时，不持耳鼻头目手足身命珍宝城邑妻子及国土布施于人，以成佛道，但以善权方便安乐之行得致无上正真之道。"弥勒发的愿是"令我国中人民，无有诸垢瑕秽，于淫怒痴不大，殷勤奉行十善"时，他再成佛。

此时，我弄明白了，其实，是愿力的差异，让弥勒比释迦晚了九劫成佛。释迦佛发愿要度化刚强难调难伏的顽劣众生，因此他在充满污染、罪恶的世界里成佛；弥勒发愿要开启众生智慧，弘播慈心，要在把众生教化的福德具足时，他才成佛。

上文谈到，当释迦佛授记弥勒菩萨"次当作佛"时，以优波离为代表的上座弟子曾有质疑。然而，释迦佛对弥勒菩萨依然另眼相看。

弥勒明明有那么多的弱点，释迦佛为什么还要授记他"候补成佛"呢？这是因为弥勒菩萨虽然已摆脱了烦恼束缚，但为了救度众生，他故意地"留惑润生"。

"惑"，指烦恼，烦恼的根本是自我的欲求。"留惑"，指菩萨不执著于解脱成佛，有意留存一些烦恼，从而深入体认众生的痛苦，以利"润生"。"润生"，指菩萨以法雨滋润焦渴的众生，或其脱离痛苦，转迷成悟，发菩提心。

在释迦佛的上座弟子优波离尊者眼里，弥勒"不修禅定，不断烦恼"。弥勒之"不修禅定"，并非否定禅定，而是不停留于甚深禅定之中。菩萨一旦乐于禅定，就不愿再去体验众生的种种痛苦了。弥勒之"不断烦恼"，不过是以众生的烦恼为自己的烦恼而已。如果菩萨只追求断除个人烦恼，做自了汉，不思虑利益众生这件事，他就不会做度生的事业。

为救度众生，弥勒菩萨故意"留惑润生"，以完成释迦佛交办的教化众生的事业。

因此，释迦佛坚定地回答优波离："弥勒将往生到兜率天内院，以一生补处菩萨的身份住兜率天，为天人说法解疑。五十六亿七千四百万年后，弥勒将再下生人间，在龙华树下证得佛果，救度众生。"

释迦佛时代那些应度未度、应得未得、应证未证的众生，或在释迦佛灭度之后修禅、习密、学显、研教的众生，乃至三皈依、一礼佛、一称名、布施一抟之食的众生，都将在弥勒菩萨的教化下，出离烦恼，获得觉悟。

在释迦佛的见证下，弥勒菩萨发下誓愿，在度众生这件事上，"无愿尚不舍，何况念愿"——没有发愿出离烦恼的众生，我都不会舍弃！更何况那些发愿出离烦恼的众生呢？

有很多人问：弥勒菩萨的兜率天到底在哪里？

据《佛说立世阿毗昙论》记载，兜率天位于"阎浮提向上三亿二万由旬"处。古印度的一由旬，约等于六点四公里。地球到月球的距离约三十八万四千公里，参考这个距离，可以推算出，兜率天距离地球大约是月球到地球距离的五千倍。

兜率天的生活是什么样子的？据《杂阿含经》记载，兜率天的天人寿命为四千岁，其一昼夜，相当于人间四百年。而《佛说立世阿毗昙论》中说，兜率天的天人，刚出生时，身体犹如地球人九岁时大小；出生后七天，即长大成人。他们虽有情欲，握握手欲望就已经满足，根本不受男根女根交接的染污。

等"未来佛"弥勒回来时，我们这个世界会变成什么样子？

在《佛说弥勒上生经》《佛说弥勒下生经》中，释迦佛这样描述我们未来的新世界——

五十六亿年后，大地平坦如镜，名花软草，遍覆其地，种种树木，花果茂盛。人的平均寿命为八万四千岁，智慧威德，色力具足，安慰快乐。人间只有三种病苦：一者大小便，二者饮食，三者衰老。人们都生活在城市中，城市里的街巷道陌非常清洁，照明采用明珠一样的灯泡，没有黑夜，人们生活安乐，不用担心有窃贼，也没有战争、灾难及烦恼，人们慈心恭敬，和谐相处，言语谦逊。由于人们心无贪着，政治也清明。

未来的新世界，多么令人向往！然而，这要经过五十六亿年的漫长等待，以人平均寿命八十岁计算，现在的我们要轮回七千多万次，才能进入到这个美好的未来世界。

这，的确是太漫长了。

弥勒菩萨喜欢走群众路线。他身居兜率，却不断地来人间进行调研，了解不同时期众生的心理及需要，以便将来更好地教化众生。

五代时期，在奉化示迹的布袋和尚，就是弥勒菩萨来人间调研时的一次显现。"弥勒真弥勒，化身百千亿。时时示世人，世人总不识。"这首诗偈告诉我们，弥勒菩萨已来人间"微服私访"过百千亿次。

参

我心契此土

01   大肚，布袋，微笑

奉化，是诗人、中国社科院外文所研究员树才的老家。一天晚上，我们灯下喝茶时，聊起了雪窦山，聊到了布袋和尚，也聊到了我正在写的这本书。

树才说："布袋和尚是我们奉化出的一位最了不起的诗人。他的诗都是随写随丢，甚至可能只是随口一说，就被人们记录下来，珍藏起来。他的诗能流传到今天，这不是一个奇迹吗？看看现在的诗人，虽然对自己的作品看得很重，想方设法印成诗集，但未必能流传下去。这是为什么呢？在我看，可能是因为布袋和尚什么都舍得，何况这些诗句呢？因为他舍得干净，能把一切放下，所以这个世界向他敞开得也更大！"

接着树才话锋一转，问："你写雪窦山的这本书，准备叫什么名字？"

"还没有想好。"

"在我们奉化，布袋和尚可是最有名的。这本书叫《一布袋的喜悦》怎么样？一布袋，其实是满布袋。我们每个人的心，都是一个可以装满智慧的布袋啊！"

这个书名，的确有意思，有"一花一世界"之妙。我赶紧记到记事

我问："如果让你先用三个词概括布袋和尚，
你选哪三个？"诗人树才沉思了一会儿说：
"大肚，布袋，微笑。"图为南宋画家梁楷布
袋和尚像速写。原图是历史上最早出现的布
袋和尚像。

本上。

我问："如果让你先用三个词概括布袋和尚，你选哪三个？"

他沉思了一会儿，说："大肚，布袋，微笑"。

公元 988 年，北宋僧人赞宁历时七年，完成了《高僧传》三十卷的写作。其中的第二十一卷，记录了《唐明州奉化县契此》。赞宁写下的这段文字，是最早出现的有关布袋和尚的历史文献。

释契此者，不详氏族，或云四明人也。形裁腲脮，蹙頞皤腹，言语无恒，寝卧随处。常以杖荷布囊入廛肆，见物则乞，至于醢醓鱼葅，才接入口，分少许入囊，号为长汀子、布袋师也。曾于雪中卧，而身上无雪，人以此奇之。有偈云"弥勒真弥勒，时人皆不识"等句。人言慈氏垂迹也。又于大桥上立，或问："和尚在此何为？"曰："我在此觅人。"常就人乞啜，其店则物售。袋囊中皆百一供身具也。示人吉凶，必现相表兆。亢阳，即曳高齿木屐，市桥上竖膝而眠；水潦，则系湿草屦。人以此验知。以天复中终于奉川，乡邑共埋之。后有他州见此公，亦荷布袋行。江浙之间多图画其像焉。

古文艰涩，不便今人阅读，这段话大意如下：

僧人契此，不知道他是哪里人，也有人说他是四明（指浙江宁波）人。他身形肥硕，袒胸露腹，言语无定，随处寝卧，经常用竹杖挑着一只布袋走街串巷，向人行乞。乞得的食物，无论是酒、肉、鱼，还是腌菜，他都不拒绝，在吃之前，他还喜欢往布袋里倒入少许食物。他自称长汀子、布袋和尚。有一年冬天下雪，他躺在雪地里睡着了，然而他身上却没有落雪，因此人们觉得他有些与众不同。他曾说过"弥勒真弥勒，时人皆不识"等诗偈。因此，有人说他是弥勒菩萨在人间的示现。有一天，他站在大桥上，有人问他："你站在这里做什么？"他说："我在这里找一个人。"他常找商家要吃要喝，他一来，商家的生意就特别好。他的布袋中，装了许多生活用品。他常现相表征，示人吉凶，如艳阳高照之日，他穿着雨鞋出来，在市桥上打盹时把脚竖起来让人看，暗示天将下雨；雨水过多的时候，他穿着草鞋出来，就预示着天将放晴。人们通过看他的行为举止来预知天气。唐昭宗天复年间，他在奉化去世，众乡邻将他安葬。后来，又有人在其他州县见到他杖挑布袋四处游化。江浙一带有许多人为他画像作纪念。

这位法号"契此"的布袋禅师，当时已示现出很多神通。他的"大肚"与"布袋"，这两个明显的特征，已为人所注意。他那令人熟知的、皆大欢喜的微笑，当时并没有被记录下来。然而，布袋和尚的微笑，却被南宋画家梁楷固定在画中。

布袋和尚的布袋，提醒人们，世间的一切，都在"有与无"（显现与空性）中变化。因此，拥有时不必担心会失去，失去时也不必留恋曾拥有。

布袋和尚的笑脸，提醒人们，既对他人微笑，也要对自己微笑。

世间所有相遇，都是久别重逢。在短暂的人生中，出现在我们眼前的，哪个不是有缘人？待人接物时，何不满腔欢喜、相见相亲？人这一生，会面对很多烦恼，哪个烦恼不是有因有果、自作自受？因此也不妨敞开胸怀，放大心量。

赞宁写布袋和尚"氏族不详",不知来自何处。在奉化民间传说中,布袋和尚的故乡是奉化长汀村,他的父亲名叫张重天。在雪窦山御书亭东南侧的山岩上,有一组浮雕,生动地再现了布袋和尚传奇的一生。

一次台风过后,奉化城北大桥镇长汀村的张重天和妻子窦氏,看到一个幼童躺在门板上自奉化江上游漂流而来。张重天夫妇将幼童救下收养,起名"契此"。

张重天夫妇信佛,契此从小常随父母到与长汀村对岸的岳林寺礼佛。十七岁那年,父母为他娶了一房娇妻。新婚之夜,契此离家出走,跑到岳林寺出家为僧。

父母为续接香火,追至寺院,让契此还俗。契此用手一指妻子的腹部,妻子便怀孕了,后来还生下五个儿子。

由于打小在长汀村长大,契此出家后自号"长汀子"。当时,岳林寺募建大殿,契此到福建化缘。数月后,他空手回到岳林寺,说已募得大批木材。众僧问:"木头在哪里?"他引领僧众来到寺中古井前,契此念起佛号后,一根根木材相继从井里冒出来。说来有趣,这个"古木运井"的故事,在契此之后,又由传说中的济公在杭州净慈寺重演过一次。

契此曾到雪窦山上的瀑布观音院讲经说法。传说,他讲经说法时坐过的巨石,直到今天,还保留在雪窦寺老天王殿的东南角。

契此游化四方时,肩头总是背着一个布袋,因此人们又称他为"布袋和尚""布袋禅师"。

后梁贞明二年三月三日,公元916年,契此在岳林寺东廊下的磐石上端坐示寂。当时,他的肉身被完整地保留下来,供奉在岳林寺大殿东侧。

虽然契此在奉化去世了,但福建莆田县令王仁煦却在莆田遇见了他两次。契此还给王仁煦写了一封信，嘱咐他七日后再打开看。七日后，王仁煦打开信，看到信中写道："弥勒真弥勒，化身千百亿。时时示世人，世人总不识。"

此时，人们才知道这位法号契此的布袋和尚，竟然是弥勒菩萨的示现。

后来，岳林寺僧将契此的法身安葬在奉化的封山之上，并造塔亭作纪念。据说，当时，塔亭夜间经常放光。北宋元符元年，公元1098年，宋哲宗获知塔亭放光的瑞兆之后，为契此和尚赐号"定应大师"。

北宋崇宁三年，公元1104年，岳林寺住持昙振法师为契此和尚造像，在寺后建阁供养。此时，布袋弥勒还没有被供奉在天王殿中。

说到布袋和尚，今天的长汀村人依旧自豪地说："布袋和尚是我们村里的。"长汀村的张姓一族，为布袋和尚建了一座弥勒殿，尊其为"义祖"，将其传略写进《张氏宗谱》中。

作为佛教中国化的典型人物，宋代以后，布袋和尚的影响范围越来越大，超越了奉化，超越了国界，成为世界名人。2011年，奉化申报的"布袋和尚的传说"，还入选了"第三批国家级非物质文化遗产名录"。

布袋弥勒，为什么名叫"契此"？这是因为，菩萨之所以"留惑润生"，缘于"心契此土"。这，或许是"契此"这个名字中蕴藏的一个秘密。

02 我有一布袋

　　塔院周围，绿树环绕，流水潺潺，青草遍野。风景好的地方，蚊子也多。我、肖业、小雅连日来收了不少"红包"，胳膊、脖子、额头，稍不留神，红肿一片，奇痒无比。正思忖着怎么下山去买驱蚊液呢，老糯打来电话。

　　"我在上山的路上，下午你们想不想到奉化走一走？"

　　"好啊。我们还得买点驱蚊液和清凉油。"

　　老糯问："这个我给忘了，你问问宏慧法师，他们应该有的。"

　　正说着，塔院当家宏慧法师走了过来。我不好意思直接问他有没有驱蚊液，改口问："法师，下午我下山买驱蚊液，你要不要一份？"

　　宏慧法师摇了摇头。

　　"塔院的蚊子是不是专门咬新来的？"我朝着电话里的老糯嘟哝了一句。

　　宏慧法师听到了，他停下脚步，扭过头说："蚊子没有分别心，它是行平等法的，不分男女，不辨僧俗，见人就咬。"说着，他亮出胳膊上的"红包"，"我在山上久了，已经习惯了。"

　　下山经过溪口时，买了驱蚊液、止痒液，老糯带我们去奉化，先

有人问："什么是佛法？"布袋和尚就把布袋
往地上一放。问者不明其意，又问："什么
是佛法？"他提起布袋背上肩头，哈哈大笑，
掉头离开。——放下布袋、背起布袋，这两
个简单的动作告诉人们，放下烦恼，勇于担
当，就是佛法。

上锦屏山看了封山塔亭——布袋和尚的安葬之地；又看了老岳林寺旧址——老岳林寺毁于火灾，原寺址遂辟为岳林广场；在寻访易址重建的岳林寺途中，老糯指了指河对岸的一处仿古建筑："喏，那就是弥勒殿，长汀村的村庙。"

老糯带我们踏访的地方，都是一千多年前布袋和尚履迹之处。

当时，经常有人问四处游方的布袋和尚："师父，你的法号？"

契此答："我有一布袋，虚空无挂碍；展开遍十方，入时观自在。"

虽然答非所问，但这个"布袋和尚"，却很快家喻户晓。

其实也不是答非所问。名字叫什么？有什么重要呢？布袋和尚提醒人们，应当像他那样，心量像虚空一样，包容世间的善恶美丑，心无挂碍，自在洒脱。

布袋和尚的布袋，的确有些神奇。

传说中，别人对供养布袋和尚的，无论美食还是糟鱼烂虾，他一律笑纳，"平等"地装入布袋。无论装多少东西进去，这布袋永远都不会满。传说，他在福建为岳林寺化缘的木材，是用这只布袋背回来的。

有人把刚做熟的鱼供养给布袋和尚。他走到水边，把布袋倒着一提，那条鱼便从布袋滑落水中。令人惊诧的是，那条鱼竟然摇头摆尾地游走了。

有人不尊重布袋和尚，布施给他一些剩馊的饭菜。他先装进布袋里，过一会儿再取出来，馊食已成美味。他布袋里的东西总是吃不完，一些流浪的孩子常围在他身边一起享用。因此，后来又有了"弥勒送子"的传说。

有人问："什么是佛法？"他把肩头的布袋往地上一放。问者不明其意，又问："什么是佛法？"他提起布袋背上肩头，哈哈大笑，转身离开。

放下布袋、背起布袋，这两个简单的动作告诉人们：放下烦恼、勇于担当，就是佛法。

也有人问："师父，你为什么手中常持布袋？"

"因为它能包纳乾坤。"

"怎么个包法呢？"

他以诗偈作答："圆觉灵明超太虚，目前万物不差殊。十方法界都包尽，唯有真如也太迂。"

光明无染的清净佛性，就在每个人的心中；由于不同的人有不同的执著，所以无法明白。博大的十方世界，人的心都能包含，像真如、解脱这些妙法，都在心里蕴藏。对于心外求法的人，必须要走一些弯路之后，才能明白这个道理。

有一天，布袋和尚在岳林寺大殿前站了许久。

一僧人问："你站在这里做什么？"

他说："我在琢磨释迦未成佛前做了些什么？"

僧人大笑，"你还琢磨这个？他不光成佛了，还做完了弘法利生的事业，又入灭了。"

他说："你只知道佛已入灭，怎么不知道佛尚未出生？如果你能知道佛尚未出生，也就会知道佛并没有入灭。这个不生不灭的佛性，是佛弟子自家的宝藏。可惜，这个放大光明的宝藏无形无相，你不肯相信，所以虚生浪死。其实，你、我与佛，又有什么区别呢！"

说完，他又说了一首诗偈："无生无死佛家风，不堕古今莫定踪。触处圆明常湛寂，龙华鸡足两无从。"

悟透佛法的不生不灭，才是继振释迦宗风；悟不透，只会执著生死。为救度众生，菩萨们在娑婆世界与佛国净土之间，任意往来。菩萨们无论走到哪里、无论做什么，都能让湛寂圆明的佛性随处显现。度众生的菩萨们，是不会等迦叶尊者在鸡足山向弥勒传付释迦佛的袈裟的，也不会等弥勒在龙华会上讲法时才追求解脱的。

游化途中，有人问："师父，你怎样教化众生？"

他以诗偈作答："肩挑明月横街去，把定乾坤莫放渠。遇圣遇凡俱坐断，寂光胜地可安居。"

"肩挑明月横街去，把定乾坤莫放渠"，布袋和尚教化众生，是随时随地随缘的。"遇圣遇凡俱坐断，寂光胜地可安居"，布袋和尚笑对冷嘲热讽，安住忍辱宽容中。

也有人问："师父，你四处游走，怎么不带些行李？"

他以诗偈作答："一钵千家饭，孤身万里游。睹人青眼在，问路白云头。"

真正的禅者内心都有强大的力量。这份强大，不是因为他拥有的多，而是因为他依赖的少。孤身游走的布袋和尚，乞食自养时，无论他人给予青眼或者白眼，他都乐呵呵地接受。虽说大地尽是道场，无处不可修心，但人在路上，总会遇到不知去向何方的时候。此时，他就向白云问路。白云指给他的，会是怎样的道路呢？这句"问路白云头"，越品越有味道。

布袋和尚行为怪诞，被人视为"疯僧"。比如，他经常用纸包一包屎，打开让人看，并且告诉看的人，"这可是兜率内院里的东西。"再比如，作为和尚，他经常跑到酒馆肉铺乞食，吃起酒肉来，他无所顾忌。

有位陈居士供养他数日，临别之际，他给陈居士留下一首诗。是用土块，写在陈家大门上。诗云："吾有一躯佛，世人皆不识；不塑亦不装，不雕亦不刻。无一块泥土，无一点彩色；工画画不成，贼偷偷不得。体相本自然，清清洁皎洁；虽然是一躯，分身千百亿。"

想想他在《涅槃偈》中的"弥勒真弥勒"，再看看这句"分身千百亿"，真是"时时示世人，世人总不识"啊。

在四明（今宁波地区），有个叫蒋宗霸（溪口蒋氏远祖）的人经常跟着他四处游走。一天，在奉化的长汀溪中洗澡时，蒋宗霸为他搓背时，发现他后背上还有一只眼睛，吓了一跳。蒋宗霸说："和尚，你是不是佛啊？"布袋和尚说："这件事，不要再对外说起。我与你在一起相处了三四年，是有大因缘的。现在被你看到了本相，我也要离开人间了。"

在日本，布袋和尚被尊为"七福神"（福神、禄神、寿神、大黑天、毗沙门天、辩才天、布袋和尚）之一。"常就人乞啜，其店则物售"的他，因为能为商家招财带动生意，颇令商家欢喜，因此许多商家把布袋和尚视为财神。

说来有趣，"七福神"中大黑天，和他一样，也是手提布袋。据说，大黑天还负责解决修行者的资粮。

资粮具足，是进入修行的基本前提。因为无论出家修行，还是在家修行，是没有办法饿着肚子坐禅的。肚子咕咕叫，人又能坐多久呢？释迦佛告诫人们要"福慧双修"，真是用心良苦啊！

资粮具足，是福。一个想修行的人，光有"柴、米、油、盐"这些物质的资粮远远不够，同时须具足"闻（听闻佛法）、思（如法思维）、修（在生活中修行，在修行中生活）"等智慧的资粮，才算是"福慧双修"。

岳林寺，庭院深深。

老糯领我们看了"运木井"——布袋和尚示现神通的地方、"东廊石"——布袋和尚的涅槃之处。他说："天要黑了，我们回山上吧。"

走出山门，我又回望了一眼。眼前的岳林寺，布袋和尚并没有来过。但只要说到岳林寺，人们都知道，那是布袋和尚的出家道场。

有关岳林寺与布袋和尚的因缘，北宋道原法师曾以"布袋和尚"为题记入《景德传灯录》。这段问世于公元1004年的文字，是第二份有关布袋和尚的历史文献。

在赞宁《高僧传》中"唐明州奉化县契此"的基础上，这个新"布袋和尚"传，补充了一歌二偈及四次问答。特别值得关注的是，这个传记具体地记录了布袋和尚示寂的时间、地点和临终前说偈的情况。传中明确记载，当时，布袋和尚的肉身供奉在岳林寺东堂，"他州有人见师亦负布袋而行"，因此江浙一带"竞图其像"。

布袋和尚入灭的时间，古来即有争议。

赞宁在《高僧传》记为"天复中"；而唐及五代时期，用"天复"作年号的，有二个：一是唐明宗在公元901—903年间所用，一是前蜀

关于人的心态，龙树菩萨归结出三种：一种
特别容易改变，像在水面上写字；一种比较
稳固，像在沙滩上写字；一种特别稳固，像
在石头上刻字。所谓"佛心"，即是无我的利
他心。在利他这件事上，佛菩萨的心，则坚
固得如石头上刻出的字。图为岳林寺东廊石
速写，当年布袋和尚端坐此石示寂。

王建在公元 901—907 年间所用，这均与布袋和尚于"后梁贞明二年
(916 年)"入灭不符。

又有学者推断，"天复"恐为"天福"之误。"天福"则是后晋高
祖石敬瑭在公元 936—942 年所用。而此时，布袋和尚示寂至少已有
20 年。

历史虽有模糊处，但并没能模糊掉布袋和尚留在人间的行迹。《景
德传灯录》记录了布袋和尚与当时著名禅师们的交往。布袋和尚的行
状，同样大有禅师意趣。

比如，保福和尚问："如何是佛法大意？"师放下布囊而立。保福
曰："为只如此，为更有向上事？"师负之而去。

禅宗典籍《五灯会元》记载，保福从展禅师住锡福建漳州，是当时
有名的禅师。这段对话，应该发生在布袋和尚为兴建岳林寺大殿到福建
化缘之时。

比如，有一僧在师前行，师乃拊僧背一下。僧回头，师曰："乞我
一文钱。"曰："道得，即与汝一文。"师放下布囊，叉手而立。

叉手，又称"拱手"，原为中国俗礼，后为禅门沿用，是禅林常用
礼法之一。据《百丈清规》记载，"途中云水相逢，彼此叉手，朝揖而
过"。伸出手才能接住东西，叉手而立是没法接东西的。布袋和尚叉手
而立、无言无说，以沉默为一切提问的答案，令对方欲听而无所闻。

比如，白鹿和尚问："如何是布袋？"师便放下布袋。又问："如何
是布袋下事？"师负之放下布袋，叉手。

看来，将布袋放下又背起，是布袋和尚惯用的说禅方法。既然禅在
"言语道断，心行处灭"，在白鹿禅师面前，又何妨再放下、背起一次？

人们经常以"禅师"称呼僧人。禅师，是一种尊称，其典故出自
《善住意天子所问经》。经中记载，一位天人问文殊菩萨："什么样的僧

人能称禅师？"文殊菩萨说："于一切法，一行思量，即能不生。"——于一切法，"念起即觉，觉之即无"的禅修者，即为"禅师"。

比如，师在街衢立，有僧问："和尚在这里做什么？"师曰："等个人。"曰："来也，来也。"师曰："汝不是这个人。"曰："如何是这个人？"师曰："乞我一文钱。"

数年前的秋天，客旅湖南长沙时，于秋寒中，我去寻访麓山寺。远远地见寺壁上有"等个人来"四字，顿觉有种温暖将我包裹起来。当时之情境，言语无法形容。读到布袋和尚"等个人"时，忽然又想起这段旧事，略记之。

这份新的"布袋和尚传"中，还收录了两首诗偈。一是《云游偈》：一钵千家饭，孤身万里游；青目睹人少，问路白云头；一是《涅槃偈》：弥勒真弥勒，分身千百亿。时时示时人，时人自不识。

关于《涅槃偈》，传中记述，梁贞明二年，公元916年，丙子三月，师将示灭，于岳林寺东廊下端坐磐石说偈毕，安然而化。

关于这首《涅槃偈》的由来，传中所记与布袋和尚给莆田县令王仁煦的信，虽略有不同，但其表述却是同一指向——布袋和尚是弥勒菩萨的化身。

更令人称奇的是，"其（示寂）后，他州有人见师亦负布袋而行。于是四众竞图其像。今岳林寺大殿东堂全身现存。"

尤其重要地，道原法师辑录《布袋和尚传》时，收录了布袋和尚一首完整的《论心偈》。

即个心心心是佛，十方世界最灵物；
纵横妙用可怜生，一切不如心真实。
腾腾自在无所为，闲闲究竟出家儿；

若睹目前真大道，不见纤毫也大奇。

万法何殊心何异？何劳更用寻经义？

心王本自绝多和，智者只明无学地。

非凡非圣复若乎？不强分别圣情孤；

无价心珠本图净，凡是异相妄空呼。

人能弘道道分明，无量清高称道情；

携锡若登故国路，莫悉诸处不闻声。

　　什么是佛法？释迦佛强调了三点："诸恶莫作，众善奉行，自净其意，是诸佛教。"其中的"自净其意"，是佛法的核心，指远离贪嗔痴对心的染污。

　　布袋和尚的《论心偈》，则告诉人们，他是如何自净其意的。当人的心远离了贪念、嗔念、痴念时，便"腾腾自在""闲闲究竟"，眼前皆是解脱事，何劳更用寻经义？如何保持寂静与觉照呢？心如如不动，静观念头生灭，于善恶、是非不做分别、取舍，则纵横妙用，一切真实。人能这样做，便"身是庙宇心是佛"。

　　关于人的心态，龙树菩萨归结出三种：一种特别容易改变，像在水面上写字；一种比较稳固，像在沙滩上写字；一种特别稳固，像在石头上刻字。

　　所谓"佛心"，即是无我的利他心。在利他这件事上，众生的心，变化无常，如同在水面上写字；禅修者的心，如同在沙滩上写字；佛菩萨的心，则坚固得如在石头上刻出的字。

　　所谓"修行"，包含着隐秘、显现两个层面，即外修身行，内修心行。身行，是对外显现的部分，诸如读经、坐禅、布施、放生、素食、拜佛、持咒等。心行，是隐秘伏藏的部分，心行修得如何，心行者"如鱼饮水，冷暖自知"。简要地说，心行就是"修菩提心"。菩提就是觉照自己所做的是否真正利他。也可以说，修行，就是在保持心的寂静与觉照中，做自利利他的事。

禅门祖师曾强调，一切善行，无论坐禅、念佛、持咒、诵经，还是布施、放生、素食，如果离开"菩提心"，都不过是"强化自我意识的变相执著"（魔业）。

让心安住于寂静觉照，并非一件易事。在系统的禅修训练之前，我们的心是散乱的、无序的，根本无法专注当下。修行帮助我们把心念集中在当下发生的事情上。

当下，就是此时、此地、此事、此人，就是眼前正在发生的与你有关的一切。借由禅修的训练，人得以尝试着觉照当下正在发生的事情，并遵循释迦佛教导的"无常、无我、缘起"的原则来处理它。

禅修培养起的觉照，能够帮助人建立有序的思维，使得"在修行中生活，在生活中修行"成为可能。

对行为（身）、言语（口）、意识活动（意）时刻保持觉照，使得禅者与世人有了根本不同。在觉照中，无论走路还是吃饭，或者做其他事情，人都能如实知见。觉照就像绳索一样，把人们心里的那头狂象，紧紧拴在正念的柱子上。

04 退步原来是向前

什么是福报？清代文人张潮认为"值太平世，生湖山郡"的人，都是有福报的。以此为标准，看今天的奉化人，都是有福报的。此地有山、有水、有平原，这个时代又是太平盛世。

九月的秋天，田野空旷。

我问老糯："路两边的水田，都是稻田吗？"

他看了一眼，说："是。"

"你干过农活吗？"

"你不知道吗？我是农民的孩子啊。"

"你插过秧吗？"

老糯哦了一声，他恍然大悟地说："你不是想问我插没插过秧，是想了解布袋和尚插秧的故事吧？"

布袋和尚出身农家，打小便熟稔插秧之事。

有一年春季，人们抢着插秧时，同村的张家请布袋和尚去帮忙，乐于助人的他，一口答应下来。没想到，同村的李家、赵家、王家相继请他去帮忙，他都一一应承下来。插秧结束后，按农村的规矩，主家要请帮忙的人吃一顿酬谢饭。这一天，张、王、李、赵四家同时请布袋和尚

手把青苗插满田，低头便见水中天。
六根清净方为道，退步原来是向前。

吃饭，才知道他竟然同时为四家插了秧。人们这才知道，布袋和尚分身有术，法力无边。

有人问他插秧有什么感想，布袋和尚随口吟出一首《插秧歌》。

老糯说："这首诗，你应该会背啦。"

于是，我和老糯一人一句："手把青苗插满田，低头便见水中天。六根清净方为道，退步原来是向前。"

插秧，是南方农村的寻常劳动。布袋和尚的诗，是借插秧而说禅。青青的秧苗握在手里，一棵棵插进稻田。插秧人低头弯腰，在水中看到了白云蓝天。为利于秧苗成长，插秧前要先把须根洗干净。插秧人一步一步地慢慢后退，他插下的秧苗却越来越多，此时退步恰是向前。

诗句浅白，但生动活泼，饱含禅机。青苗，是水稻的秧苗，也是人的心念。田，既指稻田，也指心田。水中天，是世界在人内心中的反映。六根，是稻秧的须根，借指人的眼、耳、鼻、舌、身、意，让六根远离染污，禅修才会有所成就。

插秧时的退步向前，不就是禅修时的善巧方便吗？

布袋和尚的《插秧歌》，再现了他解悟的禅境。这个禅悟，不是在禅坐中获得的，而是在劳动中获得的。生活中处处有禅，如果你能体会到，便会拥有一片"禅天禅地"。

此刻，我想到了当代禅门宗匠净慧长老和他提倡的"生活禅"。

随着全球化的到来，商业利益渐渐成为社会发展的驱动力。人们鼓励孩子求知时，不再以日后成为圣贤为目标，而是期望孩子日后成为大老板、董事长。在市场经济的冲击下，中国农耕文明中获得成功的文化范式——儒家、佛家、道家，在公共空间的影响力便日渐消退。

当然，全球化的到来，并没有消解掉人对死亡的恐惧，也没有减弱烦恼对生命的侵蚀，更没有减轻病痛对生命的压力，因此还为传统的文化范式留下了生存的空间。追求人与人之间和谐的儒家、追求人与自然万物之间和谐的道家、追求身与心之间和谐的佛家，此刻，不约而同地把焦点聚焦于关怀个体生命与日常生活上。

20 世纪 90 年代初，净慧长老提出"生活禅"，主张将禅的修行融入日常生活，鼓励人们"在生活中修行，在修行中生活"，以促进心灵的觉醒、生命的升华。

净慧长老采取的是软现实主义的策略。"生活禅"与现代社会之间，保持着"不拒绝、不批判、不妥协、不逃避、不争论、不苟同"的态度。净慧长老的着眼处，在于关注个体生命的心灵觉醒。二十多年的实践证明，"生活禅"的现象，成为佛教智慧"兼容"现代生活的成功范例。

净慧长老说，生活具有普遍性，禅同样具有普遍性。从自然现象来说，"满目青山是禅，茫茫大地是禅；浩浩长江是禅，潺潺流水是禅；青青翠竹是禅，郁郁黄花是禅，满天星斗是禅，皓月当空是禅；骄阳似火是禅，好风徐来是禅，皑皑白雪是禅，细雨无声是禅"。

从社会生活来说，"信任是禅，关怀是禅，平衡是禅，适度是禅。从心理状态来说，安详是禅，睿智是禅，无求是禅，无伪是禅"。

从做人来说，"善意的微笑是禅，热情的帮助是禅，无私的奉献是禅，诚实的劳动是禅，正确的进取是禅，正当的追求是禅"。

从审美意识来说，"空灵是禅，含蓄是禅，淡雅是禅，向上是禅，向善是禅，超越是禅"。

生活里充满着禅意和禅机，但大多数人由于心灵的封闭，意识不到他本身具有体验禅的潜能。

为进一步作说明，净慧长老还列举一则经典的禅门公案。

修学律宗的有源问慧海禅师："和尚修道还用功否？"

师曰："用功。"

曰："如何用功？"

师曰："饥来吃饭，困来即眠。"

曰："一切人总如是，同师用功否？"

师曰："不同。"

曰："何故不同？"

师曰："他吃饭时不肯吃饭，百种须索；睡时不肯睡，千般计较。所以不同。"

同是吃饭睡觉，一般人却无法从中体验禅意，其根本症结在于无法去掉吃饭时的"百种须索"、睡觉时的"千般计较"。禅者安住于当下，吃饭时用心吃饭，睡觉时用心睡觉，随时与释迦佛及历代祖师同气相求。

同样，布袋和尚的《插秧歌》，也有助于我们理解什么是"在生活中修行，在修行中生活"。

05　忍辱波罗蜜

　　当年的老糯，在多个单位做过"一把手"，天天忙得团团转。如今已退休，他不再担任领导职务，成为一个闲人。

　　回山途中，我问他："你在家里是不是领导？"

　　"在家里从来没当过领导。"

　　"怎么会呢？"

　　"怎么不会呢？单身时听父母的，结婚后听老婆的，生了女儿听女儿的，现在有了外孙女又听外孙女的。你说我是什么领导？"

　　老糯是达观，还是自我解嘲？

　　"在单位说了算，回到家说了不算，你不觉得委屈吗？"

　　"在单位也不是我说了算，是大家说了算。像我们这些基层单位的人，说好听的叫'一把手'，说不好听的就是个'临时工'。"

　　"看来你在工作中受了不少委屈啊。"

　　"委屈倒是没有受过。在工作中，遇到不同意见，我历来尊重。"

　　听老糯这么说，我对他及布袋和尚的"忍辱波罗蜜"，又有了新的认识。

越欢喜，喜气越多；越抱怨，怨气越重。布袋和尚生性乐观，宽容大度，他能不气不恼地笑对辱骂，不计较别人的恶，更不与人争长论短，凡事他总能生欢喜心。

据《菩萨戒经》记载，释迦佛在过去世修行时，曾被五百个健骂丈夫追逐恶骂。无论他走到哪里，健骂丈夫们都跟在他身后，一路痛骂。释迦佛对健骂丈夫们"未曾于彼起微恨心"，而是"常兴慈救而用观察"。这种忍辱的修持，帮助释迦佛获得了无上菩提。

忍辱，从远处说，能够帮助人成佛；从近处说，能够培养人具备非凡的品格。

佛门素有"忍辱波罗蜜"之说。"波罗蜜"是梵文音译，翻译成汉语，即"到彼岸"之意。"忍辱波罗蜜"，指通过修持忍辱法门，到达智慧的彼岸。

"忍辱波罗蜜"，是菩萨修持的"六波罗蜜"之一。菩萨的"六波罗蜜"，包括布施、持戒、忍辱、精进、禅定、智慧。这是六种通过修持到达智慧彼岸的方法。

南宋咸淳五年，公元1269年，又出现了一则有关布袋和尚的史料。僧人志磐在《佛祖统记》中，收入《布袋和尚传记》。这个传记，篇幅虽然不长，但加进了《景德传灯录》所没有记载的内容，如十六童子哗逐布袋事、蒋摩诃见其背上有眼等。

历史上最齐备的"布袋和尚传"，应为元代天台山国清寺住持昙噩法师《明州定应大师布袋和尚传》。这个传记，内容丰富，在布袋和尚与众不同的行仪中，最突出的便是"忍辱波罗蜜"。

比如，"师尝饭田家。其妇怒詈其夫曰：农忙时，又何暇恤此疯和尚耶？师即倾其饭于桑下而去，已而饭在釜中。"（一天，布袋和尚在一农家乞食。农妇怒骂她的丈夫："现在正是农忙的时候，你怎么还有闲暇照顾这个疯和尚呢？"布袋和尚听了，就将乞得的食物倾倒在农家的桑树下，转身离开了。他倒在桑树下的饭，却神奇地出现在该农家的锅里。）

比如，"夏浴溪水中，脱衣置岸上。群童戏，敛衣走。师裸逐之。岸人聚观。窃见其阴藏。盖童真也。"（夏季天气炎热，布袋和尚到溪流中洗澡时，他脱放在岸边的衣服，被一群顽童抱跑了。光着屁股的布袋和尚，只好在后面追。当时，许多人围聚岸边看笑话。布袋和尚却乐呵呵地像个孩子，毫不生气。）

比如，"有陆生者，善画。肖师像于寺库院壁。师过之，唾不已。"（有个姓陆的读书人，善于绘画，他曾在岳林寺的墙壁上画了一幅布袋和尚的像。布袋和尚见了，朝着自己的画像"呸呸"地吐口水。）

比如，"师之在闽中。有陈居士者，馆遇甚谨，及游两浙，与之别。居士问曰：'和尚何姓，何年月日生，法腊几何。'师云：'你莫道我姓李，二月八日生，只这布袋与虚空齐年。'居士因谓师曰：'和尚此去，若有人问，只恁么对，不可堕他人是非。'师答以偈曰……"（估计这还是布袋和尚为建岳林寺大殿到福建化缘时发生的事。闽中陈居士，对布袋和尚恭敬供养。布袋和尚离开福建时，陈居士问："师父，你贵姓？什么时候出生的？出家多少年？"布袋和尚说："你不知道我姓李？是二月初八（释迦佛的出家之日）出生的吗？你问我多少岁，我告诉你，我这只布袋和老天爷一样年纪。"陈居士听后一头雾水，他对布袋和尚说："师父，你去其他地方，如果有人和你说话，你不要这样回答人家，以免惹起是非。"）

布袋和尚听了，随口诵了一首《忍辱偈》：

是非憎爱世偏多，仔细思量奈我何？
宽却肚皮常忍辱，放开笑口暗消磨。
若逢知己须依分，纵遇冤家也共和。
要使此心无挂碍，自然证得六波罗。

又比如，"镇亭长以师不事事。遇则每加诟辱。且夺其袋焚之。明日师荷袋。去来如旧。如此三夺三仍旧。"（当地的一个小官吏看到布袋和尚整日无所事事，每次见到都是一番辱骂，甚至夺过布袋和尚的布袋用火烧掉。次日，那只被烧毁的布袋又完好如初地出现在布袋和尚肩头。这只布袋先后被烧毁了三次，它依旧不坏。）

世事纷繁，是非、爱恨也多，只要看淡、放下，世间事又能把你怎么样？对他人过分的言行，心量不妨宽大一些；开口常笑，便能将烦恼暗暗消磨掉。遇到理解你的人，不要失去本分；遇到怨恨你的人，也要多多包容。这样一来，那些怨恨你的人也会与你和睦相处。修忍辱波罗蜜，可让人心无挂碍，到达智慧的彼岸。

越欢喜，喜气越多；越抱怨，怨气越重。布袋和尚生性乐观，宽容大度，他能不气不恼地笑对辱骂，不计较别人的恶，更不与人争长论短，凡事他总能生欢喜心。

对于禅者，常生欢喜心，非常重要。《入菩萨行论》中说："遭遇任何事，莫扰欢喜心；忧恼不济事，反失诸善行。"无论遇到什么样的逆境，都不要扰乱内心的欢喜与静寂；忧愁苦恼于事无补，还会破坏人内心的欢喜及种种的善行。

禅者忍辱，不是憋屈自己的心，而是不为逆境所动。

心理学家认为，人长时间地憋屈自己的心，怀抱未解决的愤怒，身体无法有效地发挥排毒功能。这些累积的负面情绪，会让人疲倦、沮丧，甚至抑郁。可以说，压抑自己的愤怒，憋屈自己的心，会给身体带来剧毒。

不为逆境所动的禅者，受到污辱时，会深入觉照，是我受了污辱，还是我心中"那个被宠坏了的自我意识"受到了污辱？如果是后者，禅者不会生气。面对污辱时，人就像一头站在悬崖边上的牛；如对污辱你的人火冒三丈，就等于把那头牛推下了悬崖。不为逆境所动，则是牵引着你的牛从悬崖上转身，回到安全的地方来。

禅者常说，忍耐能帮人消除业障。什么是业障呢？就是"那个被宠坏了的自我意识"。

布袋和尚还有一首劝人忍辱的诗偈。全文如下：

> 老拙穿衲袄，淡饭腹中饱，
> 补破好遮寒，万事随缘了。
> 有人骂老拙，老拙只说好，
> 有人打老拙，老拙自睡倒。
> 涕唾在面上，随他自干了，
> 我也省气力，他也无烦恼。
> 这样波罗蜜，便是妙中宝，
> 若知这消息，何愁道不了？

面对讽刺、挖苦及打骂等非礼待遇，能提醒自己要忍辱的人，已经很不简单。他发现了"妙中宝"，但还没有捡到手中；他依然在此岸，还没有到彼岸，所以还谈不上"忍辱波罗蜜"。

布袋和尚之所以忍辱，是因为他知道，如《法句经》所指出的，"你今天所获得的，都是你曾经给予这个世界的"。人生中的逆境，并非命运强加给你的，都是你自己曾经种下的因在今生结了果而已。释迦佛说："万法皆空，因果不空。"要让这些恶缘、逆境尽快消失的最好方法，就是欢喜地面对它、接受它、解决它、放下它。

肆

入弥勒楼阁

01 世界因你而欢喜

有了驱蚊液，不再担心蚊子咬人，应该能宽心入睡了。没想到，新问题又出现了。刚上山那两天，日丽天晴，没感觉出被褥潮湿。近日刮台风，室外风雨交加，室内被褥返潮，睡着很不舒服。

肖业说："睡前冲个澡，再上床就不会不舒服了。"他在长江流域长大，对付潮湿已有经验。

我依言而行，得到了欢喜。这就是"相对论"的妙用。冲澡后，身体湿度大，床上被褥虽然还是原来那套，但感觉干爽多了。人的感觉，多么不可靠！真是"一切唯心造"啊！

户外风大雨大，我们便待在塔院。数日来，山上山下跑来跑去，挺累的，遇到下雨天，就休养生息吧。醒则看书，困则小憩。睡不着、也不想看书的话，我就去古雨师那里喝茶。

古雨师的寮房铺有"榻榻米"（蔺草编织的草席），可坐可卧，进门前要把鞋子脱在外面。

古雨师的书架上，有一本《优婆塞戒经》，白话简译，装帧典雅。我随喜赞叹了几句，古雨师盯着那本书看了看，道："既然你喜欢，这本书就送给你吧。"

所有的幸福来自利他的心，所有的不幸来自
对自我的爱。修行者如能遵守戒律，以利他
的心与众生相处，这世界就会因为有你生出
更多的欢喜。

"你只有一本。我不忍心要。"

"没关系，这本书我还可以再找来。"

那天，雨声中展开的话题，围绕《优婆塞戒经》而起。

古雨师说："学佛的人，都应该好好读读《优婆塞戒经》和《瑜伽菩萨戒本》。"

据说，居士未受戒，不可学戒。古雨师难道不知道？

古雨师说："释迦佛圆寂前，要弟子'以戒为师'。不学戒，怎么知道老师教你做什么？不学佛戒，难道以外道为师吗？所以，居士必须学戒，来了解释迦佛设戒之心。当然，有的居士学戒之后，不拿戒条要求自己，专门挑出家人做得不到位的地方，这样也不对。有法师不提倡居士学戒，或许就因为这个。"

正谈得起劲，寮房门被轻轻敲响。

古雨师道："请进。"

门开了，小雅探头问："我可以进来吗？"

"马居士在，可以；如果马居士不在，不可以。"

小雅问："佛门这样重男轻女啊！"

古雨师说："不是重男轻女，是孤男寡女同处一室，容易引起讥嫌。"

"心地光明，何惧讥嫌？"

"你这样说，是不懂佛制戒之心。"

释迦佛制定戒律的目的，是让众生行持善法，饶益有情。戒律，对修行者来说，犹如铠甲；遵守戒律，可保护修行者免受伤害，又可帮助修行者利益他人。

众生所以轮回，在于情欲难除。出家修行，但得凡情尽，方许入圣心。待人接物中，如果某僧和一女同处一室，即便僧人心地光明，也容易引起他人误会，引发讥嫌。僧人防讥避嫌，是为利益他人着想，以免他人造下恶口（说人坏话）、诽谤等恶业。

寂天菩萨说，所有的幸福来自利他的心，所有的不幸来自对自我的爱。修行者如能遵守戒律，以利他的心与众生相处，这世界就会因为有你生出更多的欢喜。

小雅听后，满脸喜悦。

古雨师站起身，走到书架前，又抽出一本小书递给我。这是一本《慈宗三要》。薄薄的一个小册子中，有《弥勒上生经》《瑜伽菩萨戒本》《瑜伽真实义品》。

我浏览其中的《瑜伽菩萨戒本》时，眼睛不由得瞪大起来："……贪求名利，赞叹自己，毁谤他人；吝啬钱财，不去帮助他人；他人做错了来道歉，不接受，不原谅；不相信佛说的，去轻信其他的学说；不称赞三宝的功德；不去修行，空度时光；在修行上，懒惰、懈怠；学而不习，以致遗忘；学佛之后，不知足，贪欲无止境；看到他人做好事，不随喜赞叹，心怀嫉妒；不尊重有德者；学习善法半途而废，有始无终；读经时心生倦怠；他人来请教问题，自己知道却装作不知道；别人犯了错误，自己幸灾乐祸；说假话，骂人，对人发脾气，议论他人的家长里短；明知不对，坚持去做，做错了事，不知悔改；高声喧哗，挠扰他人；表面对人恭敬，心里轻视他人；散布流言蜚语；以牙还牙、有仇必报；他人骂我、我也骂他，他人恨我、我也恨他，他人打我、我也打他，他人作弄我、我也作弄他；做错事了，不去道歉；起居睡眠，没有规律；散心杂话，浪费时光……"

不读戒本倒还心安理得，读了戒本，发现自己犯过的错误太多了！

古雨师说："佛门中有句话：有戒可犯是菩萨，无戒可犯是凡夫。你现在明白佛说'以戒为师'的深心了吧？不学戒本，人根本没有机会认识自己犯过什么错误；如果继续做错事，未来会有很多的苦等着啊！学习戒本，知道自己错在哪儿，惭愧、忏悔，以后就会少犯错误，未来就会少受苦。你不要为以前做错的事而苦恼，你可以向弥勒菩萨学习，把那些恶业忏悔掉。"

怎么忏悔掉呢？古雨师让我到《弥勒菩萨所问经》中找答案。

据《弥勒菩萨所问经》记载，阿难尊者问释迦佛："弥勒菩萨以何善巧方便，得成佛道？"

释迦佛说："弥勒菩萨正衣束体，朝十方（东、西、南、北、东南、西南、东北、西北以及上、下）合掌，礼敬诸佛，说忏悔偈：'我悔一切过，劝助众道德。归命礼诸佛，令得无上慧。'一日之中，弥勒菩萨白天忏悔三次，夜间忏悔三次。凭借这个善巧的法门，弥勒菩萨得成正觉。"

这就是弥勒菩萨行持的"十方忏悔法"。

古雨师说："做错了事，到佛菩萨面前拜几拜做忏悔，忏悔之后又犯同样的错误，那不是真忏悔。真忏悔，是在佛前发愿改正以前的错误，以后不再犯。只有真忏悔，才能让人清净，让人欢喜。"

古雨师说："这本《慈宗三要》，是太虚大师提倡的，也送你结个缘吧。"

民国时期，太虚大师曾应蒋介石之请来雪窦寺做住持。我们所住的塔院，设有太虚大师纪念堂，供奉着太虚大师的舍利。

太虚大师曾高度评价《瑜伽菩萨戒本》。他说："夫菩萨之修行六度，以不离有情界之实际，作一切利生事业为正修行，故非学此戒去修菩萨行不可。此戒为现今在家出家之佛徒需要，以在现今国家社会之环境中，尤非昌明此大乘菩萨法不可。"

在塔院得到《慈宗三要》，是多么殊胜的缘啊！感恩古雨师的"法布施"。

说到忏悔与清净，我以前曾听人讲，在家人是泥做的，出家人是瓷做的。忏悔如同用水洗掉身上的污点，瓷人一洗就干净了；至于泥人，别说去污，一沾水，泥人可能连人样子也没了。

古雨师说："众生平等，要么都是泥做的，要么都是瓷做的。忏悔法并不是佛单独为出家人说的，在家若真心忏悔，一样能获得清净。说到修行，出家与在家，还是有区别的。在家生活面对的诱惑多，修行如旱地行船，非常不容易；出家生活相对清净，修行如顺水撑舟，相对容易些。"

02 做人的佛法

数年前，净慧长老嘱咐我将他讲述的《做人的佛法》等书籍编辑出版。

当时，看着长老拈题出的这个书名，我甚为好奇，冒失地问："师父，佛法是教人解脱的，还是教人做人的？"

长老笑了，他说："太虚大师曾讲'人成即佛成'。人做不好，怎么可以成佛呢？"

这部书稿，荟萃了长老的《〈善生经〉讲记》和《〈大乘本地心生观经·报恩品〉讲记》。编校中，我慢慢地体会到了长老的深心。

佛门提倡"福慧双修"，修福从恭敬中求，修慧从忍辱中来。"生活禅"导师净慧长老更是主张将"福慧双修"落实到具体的生活中，提倡"家庭是道场，生活做佛事"，在待人接物中修心。

读《做人的佛法》，我了解到佛门"报四恩"的思想，即出自《大乘本生心地观经》。"报四恩"，即"报父母恩、报众生恩、报国家恩、报三宝（佛法僧）恩"。

对佛教史稍有了解的人都知道，佛教虽有"报四恩"的主张，但当初悉达多王子离开王宫出家修行，是偷偷出走不告而别的。他没有征得

佛门提倡"福慧双修",修福从恭敬中求,修
慧从忍辱中来。"生活禅"导师净慧长老更
是主张将"福慧双修"落实到具体的生活中,
提倡"家庭是道场,生活做佛事",在待人接
物中修心。图为四川乐山弥勒大佛速写。

父母的同意，也没有征询妻子的意见。以世俗的眼光看，在成佛之前，悉达多王子于父母之恩深有辜负。

觉悟后的释迦佛，则"有错能改"，他宣说并实践"报四恩"。在"报父母恩"方面，释迦佛为度化母亲摩耶夫人，上至忉利天为母亲说法；为度化父亲净饭王，在父亲卧病之际，他赶回王宫，为父亲说法；父亲去世后，他为父抬棺，处理后事。在"报三宝恩""报众生恩"方面，释迦佛将自己觉悟到的真理毫无保留地分享给众生，以期众生慈悲、智慧地过好每一天。在"报国家恩"方面，据佛典记载，在故国与邻国发生战争时，释迦佛数次出面调停，令国与国之间和平共处。

在《大乘本生心地观经》中，释迦佛对弥勒等大乘菩萨讲法时，对"报恩"一语着力最多，开示最详，叮咛最切。众生若能知恩报恩，则人道全；人道全，则社会祥和；社会祥和，则国家安定；国家安定，则世界和平。

民国时期，太虚大师对《大乘本生心地观经》极为推重，他认为，这部经既是初学佛法者的佛法概论，又是深入佛教教理研究的基础。1932年12月，他在厦门闽南佛学院亲自开讲此经时指出，"修习佛法，首重报恩，然后才能发诸妙行，成就佛果。"

古雨师的书架上，也有《大乘本生心地观经》。我取下随手翻阅，翻到的那一页上有"在家逼迫如牢狱，欲求解脱甚为难。出家闲旷若虚空，自在无为离系著……在家多起诸恶业，未尝洗忏令灭除。空知爱念危脆身，不觉命随朝露尽"等经偈。

这些经偈，对比了在家修行与出家修行的区别，刚好印证了古雨师方才所说的。

在《做人的佛法》开篇处，净慧长老风趣地说："过去有位老法师讲经讲得好，可是他每次讲经时间都比较长，一讲两三个小时。开始的时候，听经的人还有几十个，慢慢地听经的人越来越少。等整部经讲完，就只剩下一个老太太在听了。法师赞叹这位老太太做事有始有终。老太太说：'我一直在听，是因为您坐的那把椅子是从我们家搬来的。我在等您讲完了，好把椅子搬回去。'"

净慧长老讲《大乘本生心地观经》时，充分考虑听经者的感受，重点选讲了"报恩品"。详说"报四恩"之前，长老依据经文，慈悲地指出诸佛菩萨与众生的区别，在于"汝等凡夫不观自心，是故漂流生死海中；诸佛菩萨能观心故，度生死海到于彼岸"。

修行为什么要从观心开始？释迦佛说，"三界之中，以心为主，能观心者，究竟解脱；不能观者，究竟沉沦。众生之心，犹如大地；五谷五果，从大地生。如是心法生世、出世、善、恶、五趣、有学、无学、独觉、菩萨及于如来。以是因缘，三界唯心，心名为地"，因此，"若有善男子、善女人，欲求阿耨多罗三藐三菩提者，应当一心修习如是心地观法。"

修心地观法，从哪里开始呢？释迦佛说："世出世恩，有其四种：一父母恩、二众生恩、三国王恩、四三宝恩。如是四恩，一切众生平等荷负。"——修行者，无论在家出家，都要"报四恩"。

净慧长老指出，学修生活禅，要"善用其心，善待一切"。"善用其心，善待一切"，要从"报四恩"开始。

"报四恩"，首先"报父母恩"。释迦佛说，父母恩德，高过山岳，厚超大地，言说难尽，"是故汝等，勤加修习，孝养父母，若人供佛，福等无异，应当如是报父母恩"。净慧长老指出，父母在家庭中，如同佛在世间。报父母恩，就是要让父母"有所安"——有房子住、"有所养"——衣食无缺、"有所护"——有病可就医。如能"一念住孝顺心，以微少物色养悲母，随所供侍"，其福德是不可计量的。

反之，"若有男女，背恩不顺，令其父母，生怨念心，母发恶言，子即随堕，或在地狱、饿鬼畜生。世间之疾，莫过猛风，怨念之征，复速于彼，一切如来、金刚天等，及五通仙不能救护"，则获罪无量。不去报恩，而想获得修行成就，是不可能的。

释迦佛对弥勒菩萨说："若善男子及善女人，以清净心，供养如是住阿兰若真善佛子，所获福德无量无边；若复有人以众珍宝供养悲母，所获功德亦无差别。"净慧长老于此重申，佛弟子供养父母与供养三宝，功德一样大。

父母把我们带到这个世界，"报父母恩"，好理解。为什么还要"报众生恩"呢？

释迦佛说："无始来一切众生，轮转五道，经百千劫，于多生中互为父母。以互为父母故，一切男子即是慈父，一切女人即是悲母。昔生生中有大悲故，犹如现在父母之恩等无差别。"读经方知，"报众生恩"，其实是"报父母恩"的深入。

人生活在国家范围内，生活在政府管理下，因此要"报国家恩"。

我们之所以能有缘听闻报恩的道理，步入福慧之路，缘起于释迦佛的开示、历代僧人的延续，因此要"报三宝恩"。

借由弥勒菩萨的因缘，释迦佛宣讲"报恩"，成就了《大乘本生心地观经》。借由净慧长老的嘱咐，编校中，我得以深入了解什么是"做人的佛法"。

佛法就是活法。学佛，就是学习过觉悟的生活。有佛法就有办法。修学佛法，可以帮助我们在生活中实现人格的圆满。就像太虚大师说的那样："仰止唯佛陀，完成在人格；人成即佛成，是名真现实。"

03　菩萨在哪里

在《大乘本生心地观经》中，有五百位长者听到释迦佛讲到三宝的殊胜功德后，产生了疑惑："像您所说，佛菩萨在这个世界上有百千亿化身，做利乐众生的事。可是我们为什么还有这么多的苦恼，既见不到菩萨，也不知道菩萨在哪里呢？"

释迦佛说："每天太阳都升起，让世界充满光明，但盲人却看不到太阳。这不是太阳的过失吧？"

五百位长者说："不是。"

释迦佛说："如同盲人不见太阳，如果众生常造恶业，心无觉知，不生惭愧，罪业所致，他就不会知道这世上有佛菩萨。如果众生知道世上有佛菩萨，深生敬信，依法修行，断恶修善，他自然能看到无量的佛菩萨。"

这无量的佛菩萨，就是在世间做利生事业的人。寺院里供奉的佛菩萨，并不是佛菩萨的标准像。可以化身百千亿的佛菩萨，他们的穿着、打扮，就像《普门品》说的那样，众生"应以何身得度者，（佛菩萨）即现何身而为说法"。

众生未能亲近三宝，是因为心里的贪、嗔、痴太重了。

佛菩萨以人间为道场，以众生为福田，以悲心
为能量，以安忍为妙方；他们分布在社会的各
个领域，融入世间而不庸俗，超然物外而不避
世；他们利益人间，温暖人间，教化人间，给
人希望，给人欢喜，给人力量，给人勇气。图
为北京雍和宫万福阁弥勒大佛速写。

这个问题，怎么解决？在圆觉法会上，弥勒菩萨为让贪、嗔、痴较重的众生出离烦恼，他殷切地请求释迦佛，对此做专门的开示，让众生智慧明朗，明白真正的佛法。

南怀瑾先生在《〈圆觉经〉略说》中写道，"很多人想知道，修行成佛之后，会是什么样子？"南先生风趣地回答，就是非常"伟大、清净、光明、快乐、自在"。如果感觉自己不够"伟大、清净、光明、快乐、自在"，不妨先听听释迦佛怎么回答弥勒菩萨的。

菩萨为救度众生，在一期生命结束后，"回入尘劳"，再次回到充满烦恼的世间。

菩萨在哪里？南先生说："诸佛菩萨以各种不同的姿态再来，在世间教化众生，而且不一定搞佛教。不要以为只有佛教才有菩萨。社会上有许多大小不同的菩萨，他们做了很多好事，往往绝口不谈佛教。尤其在乱七八糟的下层社会中，再来的菩萨才多呢！"

对弥勒菩萨的提问，释迦佛说："你提出的这些问题，是佛法中最深奥、最秘密、最微妙的问题。"

释迦佛说："众生轮回生死，是因为他有种种的爱欲。这种种的爱欲，其实就是种种的烦恼。"

说到爱，人人喜欢，为什么佛会反对呢？其实，佛并不反对爱，佛反对的是"狭隘的爱""执著的爱"。

众生的爱，是占有的、无常的。为满足自我的贪欲，众生对特定对象（人或物）执著地付出情感，并期望获得回报。这种心理，名之为"爱"。在付出得到回报之前，这爱的火焰会熊熊燃烧。一旦付出得到回报，这爱的火焰会逐渐减弱。如果付出得不到回报，这份火热的爱容易变成炽烈的恨。随着贪欲的减弱或转变，特定对象也会随之变化，有时候你以为一辈子在身边的人，也许会突然消失，甚至来不及抱一下，是为"爱的无常"。

佛的爱，不狭隘，没有特定的对象，面向所有的众生；佛的爱，不执著，只有付出，不求回报；佛的爱，不炽烈，始终如一，不会变化无常；佛的爱，你知或者不知，都在那里，不增不减。佛的爱，跟众生的爱有着根本的不同，因此异名为"慈悲"。

爱，怎样升华为慈悲呢？

佛经里，有一则释迦佛度化兄弟难陀出家的故事。

释迦成佛之后，他的兄弟、堂兄弟一个个跟着他出家了，最后只剩下难陀。

此时，不仅父王担心释迦佛会将难陀带走，难陀的妻子也害怕丈夫出家，他们对难陀严加看管。难陀如果出门办事，妻子会在他额头点一点口红，规定他要在口红未干之前赶回来。

妻子非常貌美，难陀非常爱她，因此有话皆听。故事讲到这里，南先生调侃了一句："怕太太是因为爱太太。因为爱，所以怕；不怕，就不是爱。"

有一天，释迦佛托钵来王宫化缘。难陀妻子非常紧张，她怕丈夫一去不返。但难陀不出去供养佛也不行。夫妻两人争执许久，最后还是按老办法，妻子用口红在难陀额上一点，让他把饭送到门口，放进佛钵里，马上回来。

难陀来到门口，释迦佛用手一招，他就跟着走了。

出家后的难陀，眷恋妻子的美貌，无心修道。

一天，释迦佛带难陀来到大海边，在沙滩上散步。

沙滩上有具女尸，释迦佛带着难陀慢慢地走近尸体。女人虽已去世，她的脸依然很漂亮。释迦佛叫难陀仔细看看，女尸脸上有什么？

女尸脸上，一条白白的虫子蠕动着。

释迦佛问："难陀，你知道这虫子从哪里来的？"

难陀说："不知。"释迦佛告诉他，"这只虫子的前身，就是这具尸体的主人。她因为留恋自己的美貌，死后转生为这只虫子，依然眷恋着那张脸。"

难陀听了，怔怔地好久没说话。

过了一会儿，释迦佛问："难陀，你去过天界吗？"

难陀说："天界殊胜，像我这样的凡人去不了啊！"

释迦佛说："如果你想去，我带你去看看。"

说完，释迦佛让难陀抓紧他的衣服，他们上升到了欲界天。

天女之美，远胜人间。释迦佛问："难陀，这些天女有你妻子漂亮吗？"

"和这些天女相比，我妻如猴！"

"好吧，既然你喜欢这里，就在这里走走看看吧。过一会儿，我回来接你。"说完，释迦佛转身离开。

难陀很高兴，他在天女群中走来走去。这里怎么没有男人呢？他感到很奇怪时，一位天女就说："我们的男主人目前正在人间修行呢。他叫难陀，生在印度，他的哥哥是释迦佛。等他修行果报成熟以后，他就会回到这里来。"

随释迦佛回到人间之后，因为眷恋天女之美，期望早日回到天界的难陀，坐禅时不怕腿疼痛了，念佛时也不会心乱了。

过了几天，释迦佛带难陀到地狱里去看了看。难陀看到一口大锅，锅底烈火熊熊，锅内沸油翻滚，两个恶鬼手拿钢叉守在锅旁。

难陀问："你们在这里站着干什么？"恶鬼回答："我们在等一个叫难陀的天人，他修行动机不纯，为满足爱欲而修行，等他享完天福，要来这里受报。"

难陀随释迦佛回到人间后，开始真心修行。

在《圆觉经》中，释迦佛在回答弥勒的提问时指出，慈悲的菩萨们以清净愿力，化身无量，"入诸世间，开发未悟，乃至示现种种形相，逆顺境界，与其同事，化令成佛"，帮助所有众生，远离憎恨埋怨及喜爱嗜好以及贪嗔痴，教化众生去掉执著分别妄想，从贪欲的烦恼中解脱出来。

佛是不妄语的。既然世间有那么多的菩萨，他们在哪里呢？

众生一心满足自己，期望"超凡入圣"，却不断地进入生死轮回。君在生死轮回中，教我如何好解脱？为救度众生，佛菩萨则不断地"超圣入凡"，乘愿再来。他们以人间为道场，以众生为福田，以悲心为能量，以安忍为妙方；他们分布在社会的各个领域，融入世间而不庸俗，超然物外而不避世；他们利益人间、温暖人间、教化人间，给人希望、给人欢喜、给人力量、给人勇气。

仔细想想，在你周围，有没有这样的人？如果有，那他就是你的佛菩萨！

　　有人供养给古雨师一套《华严经》，小三十二开本，一函六册，装帧精美，版式典雅。他曾在微博上"晒图"，我跟帖点过赞。

　　这部经，并没有出现在他的书架上。

　　听我问起，古雨师起身到里屋，搬了出来。说："这部经是一位朋友从台湾带过来的。捧在手中，我一直赞叹，这才是法宝啊！再看看大陆这边印制的一些经书，装帧用纸都不讲究。有的翻着翻着，要么掉页，要么散页。"

　　我也有同感。问："弥勒菩萨在《华严经》中出现的多吗？"

　　古雨师托着下巴思索了一会儿，说："你看看《入法界品》，善财童子五十三参时，最后参访的几位善知识中，就有弥勒菩萨。"

　　《华严经》八十卷中，《入法界品》比重大，多达二十卷。据《入法界品》记载，一位名叫善财的少年，在文殊菩萨的指导下，不畏艰险，翻山越海，一路南行，拜访了五十三位善知识，学习如何发菩提心、造福人间、利乐有情。

　　这五十三位善知识，囊括了社会上的各行各业，有厨师、航海家、商人、音乐家、医药家、僧人、居士、农民、手工业者、魔术师，甚至

弥勒菩萨再次为善财摩顶加持，并告诉他：
"菩提心的利益是无法估量的！你所见到的这
座楼阁，是我用菩提心、精进和不懈地行愿
创造出来的。它遍及一切处，并不仅仅在这
里。"图为宁夏固原须弥山弥勒大佛速写。

妓女等。这些善知识和善财分享了他们在佛法修行上的体会，坚定了善财修行成佛的信心。

弥勒菩萨是善财参访的第五十一位善知识。

在南印度海岸国大庄严园内，善财见到一座高广严饰的楼阁，耸入云端。阁前的匾额上，题写着"毗卢遮那庄严藏"几个字。

善财听说，弥勒菩萨就住在这座楼阁内。

善财想进去拜访弥勒菩萨，可是他找不到门。善财按顺时针的方向，右绕楼阁。一边绕，他一边想，"过去我做了许多错事，染污了身心，真是惭愧。幸好我遇到了这么多的善知识，听闻了他们的教导，树立了正见，我愿发菩提心，利乐有情，造福人间！愿一切众生都和我一样，发如是心，得如是智，证如是果。"

右绕楼阁时，善财发现，这座楼阁太大了。走了很久，还是没找到门。善财想，这座楼阁如此广大，看来没有福德智慧是进不去的。"可是，我来到了这里，怎么能不亲近弥勒菩萨，听闻他的教导呢？既然右绕不成，我就在楼阁外向弥勒菩萨顶礼吧。我至诚的心，菩萨一定会感应到！"

心到佛知。善财对着广大楼阁虔敬礼拜时，空中一声巨响，祥云涌现，弥勒菩萨在天龙八部的簇拥下，出现在楼阁前。

善财欢喜地上前顶礼。

弥勒菩萨对善财上下打量了一番，他对众人说："这个少年善根深厚，智慧清净，心怀慈悲。他发愿求菩提心，来这里之前，他跋山涉水，渡海穿洋，参访了众多的善知识。"说完，弥勒菩萨转身对善财说："修学佛法，光听闻正法还不够。要获得殊胜的菩提心，重要的是行动。你应该去找普贤菩萨，向他学习如何行愿。"

此时此刻，善财想，如果能有一串香花璎珞，我就可以供养弥勒菩萨了。心念一闪，善财手上多出了一串香花璎珞。

弥勒菩萨欢喜地接受了善财的供养。他一边为善财摩顶，一边说："善财，菩提心如坚固的金刚，能破除一切障碍；菩提心如光明的灯盏，能照破一切的无明；菩提心如宽广的大海，能容纳不同的河流；菩提心如无上的妙香，能驱除种种污秽；菩提心如清澈的流水，能止息烦恼的火焰。善财，你只要勇猛精进，就会成为造福人间、利乐有情的菩萨。"

善财站在一旁，恭敬倾听。

听弥勒菩萨讲完，善财问："我能去您的楼阁里参观一下吗？"

弥勒菩萨说："好啊。"说着，他弹指作响，楼阁的门随之敞开。

善财进去后，楼阁的门又自动关上。

走进弥勒楼阁，善财举目一望，楼阁广博无量，一个个浩瀚的世界尽在其中。这里有数不尽的奇珍异宝，有望不到边的亭台楼阁，也有听不够的清净妙音。七宝栏楯，白玉砌阶，金沙为地，池水澄清，鲜花芬馥。一层层楼阁相连，望不到边际。善财循梯走到第二层，他发现，这里同样广大无边。他走进其中一个房间，没想到，这个房间同样大而庄严，与大楼阁没有区别。

善财看到，墙壁上有很多动态的图画，再现着弥勒菩萨的故事，有为人说法的，有舍己为人的，有参访善知识的。善财看得津津有味，一时忘记了弥勒菩萨还在楼外等待。

楼外的弥勒菩萨，又弹指作响。弥勒楼阁神奇地消失了。善财发现，自己正站在一块巨石上。

弥勒菩萨再次为善财摩顶加持，并告诉他："菩提心的利益是无法估量的！你所见到的这座楼阁，是我用菩提心、精进和不懈地行愿创造出来的。它遍及一切处，并不仅仅在这里。"

善财感恩弥勒菩萨的教诲，正要作礼，弥勒菩萨却不见了。

"善财"这个名字，耐人寻味。好像在提醒禅修者，要多积累善行，作为解脱的财富。

怎么积累"善财"呢？

在《阿难请问经》中，释迦佛说："菩萨具足一法，能守持一切如来胜法。何为一法？不舍一切众生是也。"

每个人的"善财"，都来自利他的心。做事说话，举心动念，处处以利他为起点，便是积累"善财"。利他的心，不是天生的，可以先从身边的人开始练习，一个禅修者应该成为家里最受欢喜、最有智慧、最自在的人；然后，逐渐扩大利他的范围，让更多与你接触的人获得利益。

这里所说的利益，不是一时的好处，而是指生出坚固的菩提心。

有一位师兄曾捐献十万元帮助寺院建大殿。一位朋友听说后，对他说，如果想利益更多的人，用这笔钱修建寺院大殿，不如救济社会上的弱势群体，那样功德更大。

师兄取舍两难，问我怎么办。

佛弟子供养三宝，如同孝养父母，是本分事。当然，在历史上，佛门历来也注重救济孤贫。救助弱势群体，一次"阳光午餐"或一件"御寒衣物"，不过是缓解一时之需。寺院建殿堂，是为众生营构心灵栖息地，方便更多的人听闻佛法，增长福慧，从根本上改变命运的走向。当然，无论救济孤贫，还是捐建寺院，这笔钱都是"善财"，不存在功德大小的区别。

我建议他："这笔钱，应该按你的初发心去用。如行有余力，可以再拿出一两万，帮助一下社会上的弱势群体。"

05 一扇虚掩的门

在佛典中，弥勒是一位重要的菩萨。在重要的大乘经典中，弥勒菩萨的身影随处可见。在《瑜伽菩萨戒本》中，他教人"以戒为师"；在《大乘本生心地观经》中，他教人"报四恩"；在《圆觉经》中，他代众生启问如何"出离轮回"；在《华严经》中，他向善财展现"法界庄严"。

作为大乘菩萨，弥勒菩萨与其他菩萨还有一点不同，他是瑜伽行派"唯识学"的开创者。要从这个角度认知他，《解深密经》是不能忽略的。

大藏经卷帙浩繁，学术界认为，有十三部经——《心经》《金刚经》《无量寿经》《圆觉经》《梵网经》《坛经》《楞严经》《解深密经》《维摩诘经》《楞伽经》《金光明经》《法华经》《四十二章经》，对汉传佛教影响最大，也最能体现中国汉传佛教的基本精神。《解深密经》名列"佛教十三经"，可见其重要性。

说到《解深密经》，我像站在弥勒楼阁外的善财一样，找不到进去的门。或者说，我看到了一扇虚掩的门，可以敲响，却无法推开，因为这扇门是画在墙上的。

说到《解深密经》，我像站在弥勒楼阁外的
善财一样，找不到进去的门。或者说，我看
到了一扇虚掩的门，可以敲响，却无法推开，
因为这扇门是画在墙上的。

我只好寻章摘句，从法师的著述中、学者的宏论中，东摸西触，如盲人摸象，片面地感知《解深密经》的意趣。因此，这篇"一扇虚掩的门"，也可以叫"《解深密经》摸象记"。

佛门的"六波罗蜜"——布施、持戒、忍辱、精进、禅定、智慧，广为人知。但很多人或许不知道，释迦佛还提出过"十波罗蜜"。

净慧长老说，在《解深密经》中，"十波罗蜜"就是在"六波罗蜜"的基础上，把"智慧波罗蜜"细分为五种波罗蜜——慧、方便、愿、力、智。

"十波罗蜜"是十种度脱生死到达彼岸的法门，非常重要。"十波罗蜜"最简单的记忆方法，伸出两只手，从小指开始，右手施、戒、忍、勤、定，左手慧、方、愿、力、智。长老说："每天只要看这两只手，都要这样记忆，这样发心，把'十波罗蜜'落实在生活中，落实在起心动念处。

"根据《解深密经》的解释，方便波罗蜜是布施、持戒、忍辱三种波罗蜜的助伴。为什么叫助伴呢？因为布施离不开方便，持戒离不开方便，忍辱也离不开方便，有方便就有善巧，做事情就会更加如法，更能做到位。愿波罗蜜是精进波罗蜜的助伴，精进加上有愿力，精进就会更加有效果。力波罗蜜是禅定波罗蜜的助伴，禅定能不能坚持，就看有没有力量，力量实际上就是定力。智波罗蜜是慧波罗蜜的助伴。慧是根本智，智是后得智。有根本智，有后得智，使得般若一法更加圆满。'十波罗蜜'当中，以前面的'六波罗蜜'为主体，以后面的'四波罗蜜'为助伴，有主有伴，就能加强修行、断惑证真的力量。"

深密，指的是人的心。解，就是了知心运作的原理。没有观照的人，往往会把能觉知的心、所觉知的意识混为一谈。

心与识之间的运作，是依据缘起法的。济群法师引述经文中说，"……譬如大暴水流，若有一浪生缘现前，唯一浪转，若二若多浪生缘现前，有多浪转。然此暴水自类恒流无断无尽……"

缘起法显示了佛教与有神教的不同。像印度教、基督教等宗教，在教义中明确提出世间具有永恒、不变、主宰一切的神我或灵魂。佛教则用缘起解释事物的存在，从诸法缘起的角度看，我或灵魂都不存在。因此，在"三法印"中，有"诸法无我"印。

在禅修中，显现在人心里的影像，从何而来？是实在的，还是不实在？台湾地区的昭慧法师对"境相非实"进行论述时，引述《解深密经》中释迦佛与弥勒菩萨的一段对话。

弥勒菩萨问："禅修中的定中影像，与心到底是同是异呢？如果说是同，那岂不成了眼睛看到眼睛自己了吗？如果说影像与心不同，那它又是来自何处？"

释迦佛回答说："应该说没有不同。之所以这样说，是因为定中的影像是定中意识所呈现出来的，不是外境之相，所以依然是心相。"

学者周贵华站在佛教思想史的角度，结合《解深密经》等唯识经典的出现，探讨了唯识思想诞生的意义。

从佛教史看，唯识思想被判为了义，确实是名至实归的。般若中观思想仅讲空，其随学者容易堕入顽空见，也就是虚无主义，历史上中观末流的确多有人堕入顽空的；佛性如来藏思想从空直接反转过来谈真实有，强调真如为大我、佛性、如来藏，有似梵化色彩，其随学者容易堕入梵我论或神我论……在相当程度上可以说，印度唯识学的兴起与在印度早中期大乘佛教末流出现的顽空见与梵我论有关，具有纠偏的意义。

发心学佛的人，也不必逢经必读。对经典的选择，要结合自己的境界、层次，什么阶段修什么法，看什么经。

好了，就此打住，我不再做"文抄公"了。

上面，如能吸引您阅读《解深密经》，请去深入了解心、识运作的规律。您进入弥勒楼阁后，请回来帮我一下，以便推开那扇虚掩的门。

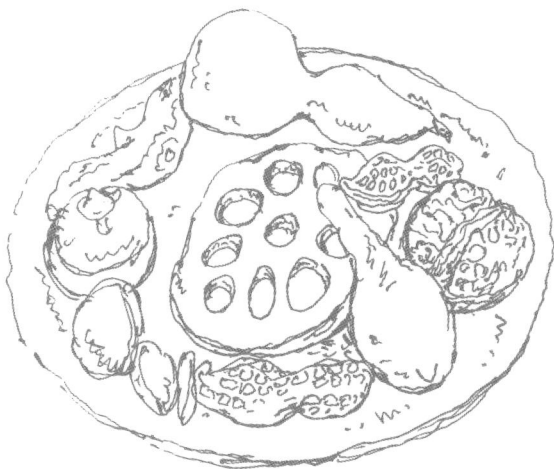

伍

布袋禅

01　含珠林，将军楠

转过天来，雨歇云散。天气放晴，人的心情也跟着放晴。

清晨斋后，在寺中散步，古雨师忽然拍了一下脑袋："有一处地方，应该带你们去看看，那里有雪窦重显禅师的纪念塔。"

我忙问："在哪里？"

古雨师说："距离塔院不到半里路。想去的话，咱们走吧。"

在塔院山门前下台阶，行十几步，左转前行，走了数十步后，脚下只有一条窄窄的土路了。走着走着，路越来越窄，路两旁绿草、灌木都向路中央探着身子，有些路段，人要拨开树枝，弯一下腰才能过去。显然，这条路，人迹罕至。

不远处，出现一片院落，沿西墙绕到前面，大门深闭。

古雨师挠了挠头，他趴在门缝上，朝里面喊了几声"老法师"。

等了一会儿，里面没有回应。

他又喊了几声。

依然没有回应。

古雨师转过身，说："老法师不在。今天先熟悉熟悉路，改天我们再来。"

1937 年 11 月 9 日，招待所失火，张学良被
押解到安徽黄山幽居。离开雪窦山那天，他
对寺中老僧说，他还会回来，请代为照顾这
四棵楠树。但这一走就越走越远，他再也没
回来过。

我问："里面供奉的是雪窦重显禅师的舍利塔吗？"

"不是，是纪念塔。"

佛教的塔，历史悠久，内涵深刻。释迦佛圆寂后，建起八大塔，纪念佛出现于世间弘法利生的一生。

据《八大灵塔名号经》记载，释迦佛圆寂后，在他出生地蓝毗尼园，建造了一座"降生塔"；在他的觉悟地菩提伽耶，建造了一座"成佛塔"；在他第一次讲法之地鹿野苑，建造了一座"度人塔"；在舍卫国祇树给孤独园，他说法降伏外道六师，声名远扬之地，建造了一座"声名塔"；在曲女城边，佛上升至忉利天为母说法，后在梵天与天帝释陪同下回到人间之地，建造了一座"神异塔"；在王舍城外的灵山，他说般若、法华、心地观经等大乘经典之地，建造了一座"大乘塔"；在广严城，佛示疾之地，建造了一座"现疾塔"；在拘尸那城娑罗树林中，他入灭之地，建造了"圆寂塔"。

佛教的塔，有舍利塔，塔中供养佛及后世高僧舍利；也有纪念塔，为纪念某位高僧而建。

前一段，我阅读《中国摄影史》时，有趣地发现，摄影术传入中国之初，在传教士拍摄的广州城区老照片上，六榕寺的花塔最为突出。在摩天大厦出现之前，佛教的塔，无论在城市还是山野，都可说是地标性的建筑物。

古雨师说："这个院子里，有三座塔，分别纪念雪窦寺开山祖师常通禅师、永明延寿禅师、雪窦重显禅师。"

"雪窦重显、永明延寿，这两位禅师我知道，常通禅师是谁？"

古雨师呵呵一笑："你知道唐末农民起义领袖黄巢吗？"

公元884年，唐末农民起义领袖黄巢兵败泰山狼虎谷之后，他的生死结局一直众说纷纭。归结起来，有三种说法：一说他兵败被杀，此说见《旧唐书·黄巢传》；二说他自刎身亡，见《新唐书·黄巢传》；三说他遁逸为僧，散见于宋代以来的多种野史与笔记小说中。

遁逸为僧之说大都声称：黄巢被杀也好，自刎也罢，死的只是替身，他本人则遁入空门，在洛阳南禅寺出家，后善终于明州雪窦寺。清代黄宗羲在《四明山志》中写道："（雪窦寺）开山师祖常通，领徒前来建寺，此师或为黄巢。"

古雨师说："常通禅师的埋骨之地，据说就在雪窦寺天王殿前面的含珠林。"

雪窦寺"晋代古刹"的照壁东北侧，有一个小土丘，土丘上有数株挺拔虬劲的古松。前两天，我们曾在那里徜徉。东西两道山溪汇聚土丘前，如双龙抢珠。因此这个地方被叫作含珠林。

南宋淳熙年间，雪窦寺住持智鉴禅师题含珠林《黄巢墓》诗云："图上争霸业，自古仗戈矛。英气今何在？都成一古丘。"

兵败后的黄巢，是否真的在雪窦寺做了和尚呢？史籍无载。"青山多为英雄冢"，对黄巢来说，从人生的巅峰迅速滑至低谷，此时看破红尘、出家为僧，过流水白云般的自在生活，或许恰是最好的归宿。

含珠林前的双溪，从山上流下来，无论怎样的激荡湍急，汇流于此时，已然平静。双溪合流后，缓缓流向寺外，汇入锦镜池。池水溢出的部分则冲下山岩，形成"千丈岩瀑布"。前半生身为英雄黄巢波澜壮阔，后半生身为常通禅师淡泊自守，这跌宕起伏的一生，不正像眼前的流水吗？

雪窦寺的含珠林与黄巢，还让人想到那棵"将军楠"和张学良的故事。

1936 年 12 月 12 日，张学良、杨虎城在西安发动兵谏，要求蒋介石停止内战，全力抗日。"西安事变"发生后，在中共斡旋下，得以和平解决，张学良护送蒋介石回南京，随即被扣留，判刑十年。随后，蒋介石"特赦"了张学良，但对其"严加管束"。1937 年 1 月，张学良被押解到雪窦山，在雪窦寺一侧的上海中国旅行社雪窦山招待所"幽居思过"。

幽居思过期间，张学良与当时的雪窦寺住持太虚法师时常往来。大好春光里，他还邀太虚大师一同泛舟去赏桃花。太虚大师以诗纪事："悠扬妙乐急湍流，溪上偕乘竹筏游。万树桃花晒红雨，无比春色溢枝头。"(《张汉卿邀自亭下坐竹筏到沙堤宴桃花间》)

张学良邀高僧同游，顺溪流而泛舟，夹岸花开红云，将军与大师各自在想些什么？太虚大师的诗，只说眼前之景，不说心中所思。将军没有作诗，他的心事，更是无从知晓。

幽居山中的张学良将军，还在雪窦寺大殿后、法堂前的空地上，亲手种植了四棵楠树苗。这四棵楠树，被称为"将军楠"。

1937 年 11 月 9 日，招待所失火，张学良被押解到安徽黄山幽居。离开雪窦山那天，他对寺中老僧说，他还将回来，请代为照顾这四棵楠树。但这一走就越走越远，他再也没回来过。1946 年，他被押解到台湾，囚居了四十八年；1994 年，获得人身自由后，他移居美国夏威夷，直到2001 年逝世。

1956 年 8 月，雪窦山遭台风袭击，将军楠中的两棵树被吹倒。幸存的两棵，如今已长成十几米高、合抱有余的大树，枝繁叶茂，遮天蔽日，且跻身"宁波市十大历史名木"之列。

翌日，古雨师得暇，陪我们同游妙高台。

雪窦寺前广场南侧，有一池水，位于御书亭、千丈岩之间。池边绿树环绕，野花闲放，池水清澈，云影徘徊。

池水中，有两排错落的石头，像孩子信手在纸上点的省略号。涉水踏石而过，是去千丈岩距离最短的道路。

我问："小雅，你敢不敢走过去？"

她点点头，迈上石块，一步一石，不一会儿，走到对岸。

古雨师说："这个水池，叫锦镜池，是有历史的，宋代的时候已经有了。"

锦镜池开挖之前，双溪流过含珠林，流出寺外，直接流下山岩，形成飞瀑。如遇到枯水期，山中则无飞瀑可看。

南宋绍兴九年，公元 1139 年，明州太守莫将问禅雪窦山、观瀑千丈岩之后，认为双溪汇于寺前，寺据山中，气象雄秀，但双溪交汇后直奔千丈岩为瀑，水去太急！他要求山民"以田还池，使二流汇其中，宽纳而缓出之"。

锦镜池由此而来。锦池初成，喜欢吟咏的智鉴禅师作《锦镜池》

蒋介石第一次下野后，在妙高台建了一幢中西合
璧的两层别墅。他将石奇禅师的舍利塔保留在庭
院中。每次上山入住，他均在舍利塔前鞠躬行礼。

诗，描摹其景："一鉴涵虚碧，万象悉其中。重绿浮轻绿，深红间浅红。"

千丈岩景区检票处前，有一排七座佛塔。七佛塔前，有位老婆婆手挎竹篮，叫卖山货。她恳切地将篮子递到我眼前道："买一些吧，买一些吧。"爬山带东西是累赘，我一脸歉意地对她说了声："对不起。"她倒不好意思了，又朝他人去招徕生意。

过检票处，沿曲径向前，走到锦镜池尽头，山崖处传来飞瀑的轰鸣，离得越近，听得越清。山崖上有一石桥，溪水以石桥为界，锦镜池中的山溪，水面平静；溢出池中的流水，汹涌地在桥下流过，来到崖前岩石豁口低洼处，耸身一跃，凌空而下，垂成巨瀑。瀑水撞击山岩，水花四溅，散若飞雪，瀑石相击，晴日鸣雷。

瀑布右侧，有一块探出崖体的突兀山岩，名为"鹰嘴岩"。这里是在岩上观瀑的最佳位置。鹰嘴岩不大，只能容三五人，我请古雨师先去看。他笑道："我常来看，你去吧。"

站在鹰嘴岩上，左侧是湍急奔腾的溪水，右望是连绵的峭壁，仰观是茂密的枝桠，俯视是如雪的飞瀑。瀑布尽头，有一小水潭，潭中烟云弥漫。鹰嘴岩上，寒气逼人，不可久立。

山中多草木，也多蚊子。这几天，我被蚊子叮怕了，赶紧掏出风油精，将手背、脖颈、耳根等暴露处涂抹一遍。肖业指着前面山路上几个穿短裙的女子说："看看人家美女，穿着短裙都不在乎。蚊子不是来叮你的，是来亲你的。"

我说："那是你在分别。在蚊子眼里，来的人没有美女，都是美味、都是盛筵。"

古雨师闻言而笑道："善哉善哉，如是如是。"

沿着千丈岩西侧的游山步道，拾阶而上，一路过飞雪亭、归云亭、乳泉亭。山岭高处，道路平坦。右前方，路旁出现了一幢房子，挂着

"武岭书局"的招牌。高山上有书店，顿时，令人把上山的劳累给忘了。在书局里，我们稍作逗留，他们喝水时，我在书架上挑选了两本书：一册《溪口品读》，介绍溪口山水与人文；一册《从故乡到异乡》，书中有介绍蒋介石一生佛缘的文章。这两本书，对我理解溪口风物，应该有所帮助。

走出书局，古雨师说："有个溪口人，一生律己甚严，天天坚持记日记，每天早睡早起，喝水只喝白开水；在他一生中，有三次落入低谷，又有三次东山再起。这样的励志故事，你们喜欢吗？"

"喜欢！"小雅坚定地说。

"那你们知道他是谁吗？"未等我们回话，古雨师不再卖关子，"此人幼年时叫蒋瑞元，青年时名叫蒋志清，辛亥革命之后，他率队冒死冲入浙江总督府；后来追随孙中山，改名中正；抗日战争爆发后，他改名'介石'。介石，就是大石头。当时的中国，大厦将倾，他以磐石自励。前面的妙高台，就是他在雪窦山上的住处。"

妙高台，又名妙高峰。据《四明山志》记载，"（妙高）峰顶若台，截出万山之表，下临无际，东西约四十尺，南北倍之。"峰前坪台之上，怪石遍地，犹如天然石凳；四周古松高挺，荫翳蔽日。凭栏远眺，近峦远岗，梯田层布，湖山如画。

妙高台之"妙"，在于山谷中的人，仰望此处，只见有峰不见有台；而身在峰顶的人，却只见有台不知是峰。

妙高台之"高"，在于峰顶的海拔虽然只有三百九十六米，但由于台外三侧均是深谷，周围群峰一览无余，有群山拜服之感。

站在妙高台上，眼前妙景，让我想到了禅者的诗句："遥知眼底无多物，除却青松是白云。"这是多年前净慧长老写给传印长老的。不知这两老是否来过此地。

妙高台被誉为山中最胜处。此地经年云遮雾绕，入夏更是凉爽，为避暑胜地。北宋宣和年间，雪窦寺的知和禅师在台上盘藤成龛，坐禅诵经二十年，感动了山中两只老虎归心佛门，不再杀生。南宋时，智鉴禅师赋诗以记此事："萝居空未久，谁能继其踪。寥寥岩畔月，千古属和公。"（《藤龛》）明末清初，石奇禅师应请兴复雪窦寺，住山十八年，他曾在妙高台建栖云庵闭关静修。石奇禅师圆寂后，山中僧人为他建了一座舍利塔。

1927 年 8 月，蒋介石第一次下野后，在妙高台建了一幢中西合璧的两层别墅。他将石奇禅师的舍利塔保留在庭院中。每次上山入住，他均先在舍利塔前鞠躬行礼。

别墅楼上楼下，游人众多，无法领略妙高台的寂静。我坐在坪石上，从包中拿出新买的书，静静地浏览了书中的"蒋介石佛缘"一文。以前，只听说蒋母信佛，也知道蒋介石与宋美龄结婚前皈依了基督教，对他深厚的佛缘，并不了解。

此文，囊古括今，广我见闻。溪口蒋家的二代祖"摩诃太公"，竟是布袋和尚的嫡传弟子蒋宗霸；蒋宗霸跟随布袋和尚云游四方，雪窦寺自然也曾是他驻足之地。蒋介石的祖父蒋斯千，虔敬信佛，一心修行，不问世事；他经常带年幼的蒋介石到寺院礼佛诵经。蒋母王采玉是雪窦寺有名的"护法婆婆"，她一生茹素、礼佛、诵经。幼年的记忆，影响了蒋介石一生，他每次回乡，都必到雪窦寺礼佛进香，逗留盘桓。

蒋介石第一次回溪口蛰居时，曾到雪窦寺问禅。据说，他在寺中抽得"飞龙返渊，腾骧在望"一签。方丈朗清长老解签时的一番鼓励，令蒋介石对前景又信心满满。他在寺里住了十余天，参究禅机，并应朗清长老之邀，为雪窦寺题写了"四明第一山"的匾额。

1931 年 12 月，蒋介石第二次下野后，回到溪口，遂即"入山静养"，在雪窦寺参禅，并通读了禅门巨著《宗镜录》。《宗镜录》是五代末、北宋初雪窦寺住持延寿禅师的著作。1932 年，蒋介石力邀当时佛教界领袖人物太虚大师来雪窦寺担任住持。

1949 年 1 月，蒋介石第三次下野后，他撇开军机政务，在水色山光中遍访了溪口一带大大小小的佛庵寺宇，有记载可考的达十五处之多。在探访外婆家时，他对两位娘舅甚至流露出"要到五台山静修"的念头。

此文资料翔实，启我未知，我记下作者的名字：裘国松。当时没想到，两天之后，我就与裘先生在塔院见面了。

时近晌午，游人渐少。古雨师喊我去参观。别墅房间里，陈列着部分史料照片及有关蒋介石、宋美龄的老照片。照片下的说明文字，对妙高台作了大致介绍。

蒋介石第三次下野、最后一次还乡时，他在云雾缭绕的妙高台别墅内，架设了电台，铺摆了沙盘。妙高台成为他最后一搏的指挥所。历史的对比，总是耐人寻味。蒋氏从繁华的金陵转居苍莽的妙高台之时，中共中央从太行乡野的西柏坡走进了千年古都北平。

1949 年 4 月 21 日，国共和谈破裂。22 日，解放军强渡长江，直逼南京总统府。23 日，蒋介石离开妙高台，匆匆回到溪口，为离开大陆做准备。

24 日，蒋经国在日记中写道："内外形势已临绝望边缘，前途充满暗影，精神之抑郁与内心之沉痛，不可言状，正'山雨欲来风满楼'之情景也。窃念家园虽好，未可久居。乃决计将妻儿送往台湾暂住，以免后顾之忧，得以尽瘁国事。"

1949 年 5 月 6 日，毛泽东给第三野战军指挥机关一纸电令："在占领奉化时要告诫部队，不要破坏蒋介石住宅、祠堂及其他建筑物。"与蒋氏有关的建筑得以完存，甚至"文革"期间也没怎么被破坏，与毛泽东的深远目光相关。

在妙高台上，在清爽的秋风里，我读到1920年蒋介石的《雪窦山口占绝句》："雪山名胜擅东南，不到三潭不见奇。我与林泉盟在夙，功成退隐莫迟迟。"

诗中流露出他对故乡的山水钟爱以及想归隐山林、寄情山水的意愿。1949年5月之后，从故乡漂流到异乡，他的这一意愿最终变成了一声叹息，付与了秋风。

03 仰止唯佛陀

阳光穿过松枝的缝隙，零星地散落在身边。妙高台上，松影斑驳。

古雨师问："接下来怎么安排？回塔院，还是去仰止桥看瀑布？"

我问肖业和小雅："累吗？""不累。""我们去仰止桥吧。"

古雨师走在最前面，我们紧随其后。四人踩着曲折的山路，走向峡谷底部。肖业说："拾阶而下比较省劲。"

我笑着纠正他，"有拾阶而上，可没有拾阶而下。"

"为什么？"

"人走台阶向山上走，抬脚迈进时，腰得向前弯，就像要捡拾地上的东西一样，所以才有拾阶而上的说法。沿着山路往下走，人的腰是挺直的，是不会拾阶而下的。"

肖业想了想，"你说的还真在理。"

小雅佩服地朝我竖了竖大拇指。

山路拐了几弯，脚步轻捷的古雨师已不见踪影。过了一会儿，山腰处传来他的喊声："你们快点儿！这里风景太好了！"

我们加快了脚步。拐过几个山弯，看到半山腰的午雷亭。古雨师在亭下坐着，一边看飞瀑，一边等我们。

遐想当年，太虚大师站在仰止桥上，仰望千丈岩，感慨不已。眼前的高山，让他想到了伟大的释迦佛，于是脱口而出："仰止唯佛陀。"

所谓午雷，指中午的瀑布声。中午时分，山中阒静，飞瀑击石，轰响如雷。

坐在午雷亭下，我们小歇了片刻。

我问古雨师："有个妙高台的公案，是说雪窦山这里吗？"

古雨师问："是个什么公案？"

有位禅师为明心见性，每日精进坐禅。禅师怕打瞌睡耽误用功，就跑到妙高台上盘腿而坐。台下是万丈悬崖，人一打瞌睡就可能栽下去，没命了！禅师以生死为警戒，提醒自己。但是人毕竟会累啊，禅师还是打瞌睡了。

身子往台下掉时，禅师醒了，他想完了。

没想到，掉到半山腰，禅师被一双看不见的手托送回台上来。

禅师惊喜地问："谁在救我？"

空中回答："护法韦陀！"

禅师想，"看来我修得不错，所以感动了韦陀菩萨来护法。"于是又问："像修成我这样的，世间人有多少？"

空中回答："数不清。因为你这一念贡高我慢，我二十世不再为你护法。"

禅师一听，惭愧万分，他想，"我在这里修行，修得好坏不说，感动了韦陀菩萨来护法。现在因为这一念的贡高我慢，他二十世不理我了。"左思右想，"生死反正就是那么回事。不管菩萨护不护法，我该坐禅还得坐禅。"

禅师继续在妙高台边禅坐。

又因打瞌睡，禅师栽下山崖。这回，他认为自己完了。

快要落地的时候，又有一双看不见的手把他送回台上来。

禅师问："谁？"

空中回答："护法韦陀！"

"你不是说二十世不再为我护法吗？"

空中回答："你刚才生了一念惭愧心。那一念惭愧心的功德，已经超过了二十世！"

古雨师听完，笑着说："这个公案很好。但是不是发生在雪窦山呢？我不清楚。我慢是禅修的障碍，惭愧是成佛的资粮。在修行的道路上，要求人一点儿过失都不犯，恐怕也不现实。真正的修行人，不能没有惭愧心。"

千丈岩瀑布，宋代已举世闻名。宋神宗时期，北宋著名改革家、文学家王安石登临溪口雪窦山，为千丈岩瀑布所倾倒，作《观瀑》诗："拔地万重青嶂立，悬空千丈素流分。共看玉女机丝挂，映日还成五色文。"

当然，在宋代，对千丈岩瀑布青眼有加的文人墨客，并非只有一个王安石。与王安石并列"唐宋八大家"的曾巩，也曾登临雪窦山，观瀑于千丈岩。

从王安石的诗作看，他只是站在飞雪亭上凭栏观瀑。曾巩在飞雪亭观瀑感觉不过瘾，便沿阶而下，置身谷底，仰观飞瀑。他观瀑的感受就与王安石不一样了，"玉虹垂处雪花翻，四序雷声六月寒。凭栏未穷千丈势，请从岩下举头看。"（曾巩《千丈岩瀑布》）

民国年间，住持雪窦寺的太虚大师也写了一首《千丈岩》诗："尽日风横更雨斜，崖悬千丈瀑飞花。安能立向斜阳望，披作斑斓五彩裟。"王安石看到的"五色文"，在法师眼里，变作"五彩袈裟"。古人讲"仁者见仁，智者见智"，观瀑作诗，则是"文者见文，禅者见禅"。

一路走走停停，不知不觉，我们来到千丈岩下、仰止桥上。

果然高山仰止，站在谷底，仰望千丈岩，拔地而起，气势非凡，飞瀑奔雷，摄人心魄。如果说，这一路走来，我们心底还有一丝杂念的话，来到仰止桥上，听着鸣若奔雷的飞瀑声，那丝杂念早已"落荒而逃"。

明朝诗人姚宗文《千丈岩》诗云："壁立巍巍不染尘，岩腰长吐出山云。须教梵俗同瞻礼，此是如来清净身。"禅门讲，青青翠竹，皆是般若；郁郁黄花，尽是法身。既然青山即是佛身，触目皆是菩提，千丈岩的飞瀑，不正是在说诸行无常的妙法吗？

碧潭前，有说明文字，千丈岩瀑布落差为一百八十六米。三米为一丈，一百八十六米折合为六十二丈。这里的"千丈"，虽然夸张，却突出了山体的雄伟、飞瀑的气势。

我问："古雨师，太虚大师来过仰止桥吗？"

古雨师说："没有确切的记载。他在雪窦寺做了十多年的方丈，山中胜景，都应该履迹过。你这一问，倒让我想了很多。太虚大师的名诗：'仰止唯佛陀，完成在人格。人成即佛成，是名真现实。'或许就是站在这里写的呢！"

古雨师一提，我拊掌叫绝！这首诗不就是眼前景吗！

遥想当年，太虚大师站在仰止桥上，仰望千丈岩，感慨不已。眼前的高山，让他想到了伟大的释迦佛，于是脱口而出："仰止唯佛陀。"佛陀的教化，怎么落实？略一思忖，这位提倡人生佛教的佛门大思想家，续上第二句："完成在人格。"弥勒菩萨是发愿在人间成佛的，他要令婆娑世界转变成人间净土。这，不也是我们应该向他学习的吗？建设"人间净土"，让每个人都成佛，不就是"人成即佛成"吗？只有这样做，才是"是名真现实"的人生佛教啊！

"什么是真现实？"小雅问。

我说："追求智慧解脱，就是真现实；追求财色名利，就是假现实。"

　　在仰止桥畔，我们从小摊上买了几个芋头、几个煮玉米，草草地充作午餐。摆贩者说："你们吃的，是鼎鼎大名的奉化芋艿头！"可能因为有些饿，我吃了两个芋头，也没尝出其味道美在哪里。我问肖业、小雅："你们觉得好吃吗？"他们都说："没尝出味道来。"这个答案，让人想到《西游记》里那位贪吃人参果的二师兄。

　　古雨师说："肚里有食，心不慌了。走，我们去三隐潭吧。那里，才是山中风景最美的地方。"

04 弥勒谷，布袋禅

古雨师说："仰止桥、下隐潭之间的峡谷，名叫弥勒谷。"

我说："这个狭长的山谷，像不像弥勒菩萨的布袋？如果叫布袋谷，更有意思。"

古雨师说："的确的确。"

此刻，我们走进了弥勒菩萨的布袋，是否能参悟些禅的消息呢？

路左边是潺潺的溪水，路右边是陡峭的山体，两侧是高大的树木，枝叶茂密。树与佛教，有着殊胜的因缘。释迦佛无论走到哪里，都有树相伴。他在树下降生，在树下成道，在树下讲法，最后在树下圆寂。

我是在华北平原上长大的孩子，小的时候，在夏日晌午，不愿意睡觉的孩子，都喜欢聚在树阴下玩。近十年来，平原上兴起伐树之风。环绕在村庄周围的绿树，和我的童年一样，忽然就消失了。

据佛经记载，弥勒菩萨居住的兜率天，有一种"如意树"。如意树不是种植出来的，是福报感召而来的。兜率天有，诸佛的净土世界也有。据说，在诸佛菩萨的净土世界，众生出生时，会有如意树随之而来。如意树能为他提供生活所需，也能满足他的一切善愿，因此名为"如意树"。

树安静地守在一个地方，慢慢地成长。禅修者的心，也应该像树一样安住。此刻想到"如树心安住"这句话，也让我想到了净慧长老写给我的"守一不移"四个字。

我停下来，抚摸了一下路旁的树。微风习习，路畔高大的树木，树叶微微晃动，在阳光照耀下，绿色的叶子更加鲜活。树叶颤动着，沙沙作响，像在说着什么。数千枚叶子不是在独白，而是在互动。每片树叶都表现得有声有色。平时，我怎么就没有注意到树叶有表情呢？我经常从树林中走过，从没在意过。虽然我没有注意到它，它却不一定没有注意到我。

树安静地守在一个地方，慢慢地成长。禅修者的心，也应该像树一样安住。此刻想到"如树心安住"这句话，也让我想到了净慧长老写给我的"守一不移"四个字。

我倚在树上，掏出小笔记本，把这些零星的想法一一记录下来。走在前面的小雅、肖业不见踪影，古雨师在不远处等着我。

写完之后，我收起笔与本，追上古雨师。古雨师提醒我注意脚下，山间的道路并不平坦，有些地方坑坑洼洼，有些地方石头露出地面。

人的命运，就是他脚下的道路。有时平坦，有时曲折，有时坎坷。路上遇到什么，人的意愿无法决定。但从因果的大背景中看，人的今生，由前世决定；人的未来，可由今生决定。

我把这些感悟分享给古雨师。他随喜鼓励一番："为什么你能成为作家，我没有成为作家？现在，我知道了！平时，我也有许多的奇思妙想，但从来没想过要记下来。"他对我记在本上的文字产生了好奇，"我可以看看你写了什么吗？"我把笔记本递给他。

他饶有兴趣地翻看着，一边看，一边点头。道路前方，肖业在喊我们。古雨师把笔记本还给我，却把我的背包要过去背在肩上："我替你背包，能方便你作笔记。"

我问："出家人给在家人背包，会不会减少在家人的福报？"

他闻言大笑，没有正面回答，而是讲了一个故事。

从前，有个阿罗汉带着一个新收的徒弟四处云游，徒弟替师父背包。徒弟边走边想："我要好好地修行，发大乘心，行菩萨道，度一切众生。"师父有他心通，看到徒弟发了菩萨心，他想哪能让菩萨背包呢？于是要了过来，背上。

走着走着，徒弟起了分别念："听说，舍利弗行菩萨道时，有人跟他化缘眼睛，他马上挖出左眼送给人家。没想到人家说要他的右眼。唉呀！行菩萨道真难啊！算了，我还是好好地学做阿罗汉吧。"师父看到徒弟的菩提心退转了，就把背包交给了徒弟。

徒弟背着包走了一段路，他又发心学菩萨道。师父又把背包要过来。过了一会儿，师父又把包交给徒弟背。一路上，不停地换来换去，徒弟感到莫名其妙，于是问师父："这个包怎么啦？您一会儿自己背，一会儿让我背的？"师父说："不是包的问题，是你的心变来变去。你怎么能一会儿发菩萨心，一会儿又退转了呢？"

听到这儿，我笑了起来道："古雨师，我决定发大乘心。但是这个包，不能让您再背啦。"

古雨师哈哈大笑。

道路尽头，是"幸福快车"东站。小雅、肖业站在路旁，好奇地看着我与古雨师。他们不知道我们为什么如此欢喜，笑着问："你们有什么好事瞒着我们？"

"幸福快车"，是设在仰止桥与下隐潭之间单轨的观光小火车。那天下午，去下隐潭方向，由于只有我们四位乘客，"幸福快车"成为专列。

坐在车厢里，窗外的美景在移动。山间缱绻的山溪，远处碧翠的湖水，偶然掠过车窗的绿叶……"幸福快车"在全长三千多米的轨道上行驶，在弥勒谷里蜿蜒穿行。

弥勒谷被满山遍野的绿色填满，平和的绿色遮掩了山岩的冷峻和奇险。青山可养目，绿水能涤心。此刻，我已经把峡谷两侧的山峦，看作布袋和尚的布袋。

要知道，弥勒菩萨的布袋里，装的可都是宝贝呀。这么一想，人会感觉很幸福，因为自己成为菩萨的宝贝了。其实，这并非我自作多情。事实真是这样，在佛菩萨的心眼里，个个众生都是他的宝贝——珍贵的未来佛宝啊！

可惜，我们迷而不觉，不以自己为宝。

人人都喜欢财富，渴望拥有财富获得快乐。善知众生心的佛菩萨，便用财富作比喻。在《法句经》中，释迦佛指出，禅修者应拥有"七圣财"："信财戒财，惭愧亦财，闻财施财，慧为七财。"——禅修者应该积累的七种圣财，分别是：信心、多闻、持戒、布施、知惭、有愧、智慧。

对解脱生死轮回有坚定不移的信心，名为"信心财"；以戒为师，持戒修行，递次受持三皈依、少分戒、五戒、菩萨戒，名为"持戒财"；远离世间的种种戏论，深入佛经论典，名为"多闻财"；将自己拥有的物质及智慧分享给众生，名为"布施财"；觉察到自己的过失，并愿意改过，名为"知惭财"；别人指出自己的过失，我们接受并愿意改过，名为"有愧财"；将释迦佛开示的智慧——三法印、四谛、般若中观、缘起法——运用到生活中，名为"智慧财"。

之所以称为"七圣财"，是因为这七种财富只有追求解脱生死的人才能拥有，追求名利的人是永远拥有不了的。

布袋和尚的布袋里，装满了"七圣财"。说到布袋和尚的布袋，我想到了儿子的存钱罐。

我与妻子口袋里的硬币，喜欢给儿子。每有收获，他就喜滋滋地把硬币一个一个地塞进存钱罐里。虽然爱搜集，但他不贪心。我们偶尔需要零钱的时候，他快活地把存钱罐抱出来，主动打开，"哗"地一声把硬币倒在床上，"你们要吧，拿吧。"

在以出生与死亡为一期的生命旅途中，我们为自己积累了多少"圣财"？又能拿出多少来？

曾有人问："开悟与发财有什么异同？"禅师说："发财，钱总有用完的一天；开悟，你所获得的智慧，是永远用不完的。"世俗的财富越用越少，"七圣财"则是越用越多。虽然用不尽，但它也有丢失的时候。当人的心陷入贪嗔痴时，烦恼就会像入室作案的盗贼，把你的"圣财"洗劫一空。

在弥勒谷中，这"布袋禅"尚未参透，"幸福快车"到站了。

05 三隐潭与意供养

事后得知，游三隐潭，应该先乘车到雪窦寺西数公里外的东岙村，按上隐潭、中隐潭、下隐潭这样的顺序一路走下来。我们从仰止桥去三隐潭，属于"逆流而上"。

从雪窦山高处流来的溪水过东岙村，冲下山崖，折为一瀑；再落山腰，直至山足，形成三级瀑布，冲出三个奇幻幽深的水潭。这三个水潭，如空谷幽兰，隐匿于幽谷深壑，人不到近前，无法欣赏其美，故名"三隐潭"。

从东岙村山崖口，沿名为天梯的二百余阶石磴走下来，便是上隐潭。上隐潭的瀑布，隐藏在山崖之间的凹陷处。那一侧悬崖，与天梯一侧略成直角，所以人在天梯上，只能听到飞瀑声，无法看到瀑布。上隐潭水面上有一座石桥，站在桥中央，奔流的瀑布始露真容。

溪水从山高处流到东岙，如被激怒的蛟龙，自山崖上一跃而下，扑入潭中，轰然作响。上隐潭绿水幽深，古人称之"真龙宅焉"。潭边的龙王庙，历史悠久，为旧时祈雨之地。

据说，蒋介石深信"隐潭藏龙"的民间传说。每次回奉化，他都要来上隐潭拜龙王。1949 年 2 月，蒋介石带着孙子蒋孝文来上隐潭时，蒋

溪流之上，有桥数座，名九龙，名潜龙，名
腾云，名飞云。桥时而把人带到彼岸，时而
把人送回此岸。

孝文好奇地问："爷爷，这世上真的有龙吗？你见过吗？"蒋介石认真地对孙子说："龙是有的。不过龙是天上的神仙，能看见的都不是真龙。"

溪水绕石而流，从上隐潭一路向下，东折西回，一番折腾，奔流一里路，到达中隐潭。溪水奔泻而下，形成中隐潭瀑布。瀑布飞沫四射，形成中隐潭"晴日细雨"之妙景。中隐潭优雅清丽大方，潭水与周围的山峰，各美其美。

溪水再流过中隐潭，向东转几道山弯，下行五百米，到达下隐潭。溪水流过山崖时，被岩石分割，一溪变双瀑，水花交织，如鸳鸯缠绵，名为"鸳鸯瀑"。

下隐潭下，还有一处垂瀑，喷珠溅玉，如白练挂壁，宽约十米，似天河决堤。阳光透过树木，照射在瀑水周围，色彩斑斓，绚丽多姿。

北宋诗人梅尧臣在雪窦山中行脚，履迹流水，畅游三隐潭，并作诗纪行："山头出飞瀑，落落鸣寒玉。再落至山腰，三落至山足。欲引煮春山，僧房架剡竹。"

在"幸福快车"西站下车后，我们沿山路向下隐潭行去。山势险峻，树木清幽，鸟鸣嘤嘤，流水淙淙，落叶满阶，空山寂静，走着走着，我忽然理解了路两旁的秋花，她们之所以随风摇摆，原来是在诉说寂寞。

我们沿着山路走向峡谷深处，护栏随路曲折，栏上青苔厚重，眼前青山耸绿，万木滴翠。有古树将枝桠横向路面，人要低头弯腰，才能走过去，大树无意，行人有心。

山间行走，溪流是最好的向导。徐步山水间，溪声伴人语。身边的溪流，在奇岩怪石间，或隐或现。溪声叮咚，如深山峡谷间有人在轻抚古琴。

溪流之上，有桥数座，名九龙，名潜龙，名腾云，名飞云。桥时而把人带到彼岸，时而把人送回此岸。

走累了，有石凳可歇足，有小亭可休憩。随山路转过几个弯，眼前突然开阔，下隐潭出现了。

下隐潭东侧的"石笋峰"，孤标独立，犹如美人亭亭而立。与石笋峰为邻的，是一道如被巨斧劈削的巨岩，直上直下，状如城堡，气势非凡。山间有"醉石亭"，醉石二字，提醒游人，如不欣赏山中的奇峰秀岩，于眼前的美景，便是辜负。

小歇片刻，我们继续溯流而上。远有苍松，近有翠竹。山路中间，长着一株碗口粗的翠竹。爱竹不除当路笋，这肯定是修路人有意留下来的。这株翠竹，已经成为人尊重自然的见证，传递着人情的温馨。绕竹而过，山路旁的岩石上，出现了"乐煮"二个大字。于竹林间题"乐煮"，这位题字者一定喜欢吃竹笋！

过竹林，是一片开阔的溪地。溪谷中，秋水渐弱，巨石迭出。古雨师绕过护栏，走到溪流边。他坐在石头上，感慨道："真是可惜，要是带茶具来就好了。在这里泡壶茶，肯定另有一番滋味！"

我们相随着绕过护栏，来到溪流边。石头收藏了阳光的温度，热乎乎的。坐下之后，我随即往后仰身，躺在石头上，立即感到后背暖烘烘的，很舒服。一时清风徐来，人安住在无边的寂静中，心安住在无边的欢喜里。

眼前山静水美，我想到了"意供养"。当代佛门尊宿、五台山百岁高僧梦参长老说："当你做一件好事，供一支香或一朵花的时候，如果能不执著于这一香一花，还可以用意念来供养，观想这香花供具遍满十方虚空，遍满所有的寺庙、道场及有佛像的地方，这样用意念观想时，就把十方一切的佛刹都供养了。做过供养，再把这个供养的功德回向十方一切诸佛菩萨，布施给一切众生，就成就了不可思议的清净智慧福德。"

把喜欢的事物，用意念做观想供养三宝，就是"意供养"。意供养可以让我们的身心随时与三宝联结在一起。

眼前是清澈的流水。在做意供养的同时，我也将内心的清净、柔软供养给三宝，祈愿所有众生获清净心、柔软心，随缘如水，不贪不执。

眼前是坚定的青山。在做意供养的同时，我也将内心的坚定、安稳供养给三宝，祈愿所有众生在解脱路上信心坚定，身心安稳，惑风吹来时，能如如不动。

流水溪中，水石相击，溅起一小片浪花，形成一个个闪亮的水泡。水泡折射阳光，五彩斑斓。

小雅指着水泡说："真好看。"

我给她讲了一个"水泡念珠"的故事。

从前有个公主，深得国王宠爱。她要什么，国王都会想方设法满足她。一日，天降大雨，王宫院子里的积水跳起许多水泡。公主见了，非常喜爱，跟国王说："我要一串用水泡穿成的念珠。"国王说："这是不可能的。"公主不开心了，不理父亲。

国王只好召集举国的能工巧匠，为公主制作水泡念珠。国王的命令，工匠们不敢拒绝，但又没办法做。

这时，一位老工匠对国王说："我会穿水泡念珠，但需要公主配合一下。"

公主来了。老工匠说："我年纪大，眼力差，只能穿念珠，无法选水泡。公主，请您先挑选出合意的水泡吧。"公主兴致勃勃地选水泡，忙了半天，累得筋疲力尽，一个水泡也没拿起来。

公主对国王说："水泡虽然好看，但它虚伪不实。这样的念珠，我不要了！"

小雅说："这老工匠真是智慧！"

释迦佛在《华严经》里说："一切即一，一即一切。"既然一切事物中都隐藏着佛法，眼前的山色、耳畔的溪声，是不是佛法呢？宋代的佛门居士苏东坡说："当然是。溪声尽是广长舌，山色无非清净身。"

我问古雨师："佛说，万物无声而说法。你觉得，三隐潭说的是什么法？"

他笑了笑，没有说话。

古雨师的沉默，其实也是一种回答，如三隐潭之"隐"。

大家走了很远的路，都有些累了。后来，谁也不再说话，静静地坐着休息了一会儿。

后来，从中隐潭去上隐潭的路上，古雨师为山景拍照，落在了我们后面。

前方石阶上，盘歇着一条碧绿的青蛇。见有人来，它急速地舒展身子，钻进路旁的草丛里。

小雅说："小青，你不要怕，来的是古雨法师，不是法海！"

她话语未落，青蛇已游进草丛，踪迹杳无。

陆

瑜伽师

01　大瑜伽师

前一段，印度总理莫迪访华时，大力推广瑜伽。

近年来，瑜伽、宝莱坞电影等印度特有的文化现象，在全球范围内赢得了认可。

说到瑜伽，以前人们联想到的，是恒河边一位留着长胡子的男人，他似乎有神秘的力量，能把脚放到脑袋后面；现在人们联想到的，是追求苗条体态的女士，拉腿伸臂，只为塑身。

这些年来，瑜伽馆在中国遍地开花。瑜伽的风，不仅吹在城市，也吹到了雪窦山上。

在妙高台，我与古雨师去晏坐亭时，远远见到山岩边缘有个瑜伽练习者的背影。她面对群山，双手合十，举过头顶，端坐不动。走近一看，不禁哑然失笑，原来是个宣传瑜伽的广告牌。

瑜伽，是印度教古老的训练身心的方法。瑜伽的本意是"联结"，人通过练习特定的姿势，可以让自己的身体与心灵联结在一起，进而将自己和世界联结在一起。

印度教的思想，属于"有神论"。印度教认为，世界是由"梵"（神）创造的；"梵"有三个化身：一是大梵天，世界的创造者；一是湿

在调御身心方面，释迦佛将人类的智慧提升
到了前所未有的高度。因此，在佛典中，以
"调御丈夫"（大瑜伽师）来称呼他。弥勒菩
萨，是释迦佛认可的人类历史上将要出现的
第二位大瑜伽师。图为敦煌莫高窟交脚座弥
勒造像速写。

婆，世界的破坏者、重建者；一是毗湿奴，世界的维护者。

毋庸讳言，佛教是在以印度教（古代称之为"婆罗门教"）为母体的文化环境中诞生的。今天的印度教依然认为，释迦佛是毗湿奴的十大化身之一。《印度宪法》第二十五条宣称，"关于印度教应作此解释：包括了信奉锡克教、耆那教或佛教等宗教者，而关于印度教宗教机构亦应比照作此理解。"

在获得觉悟之前，释迦佛曾师从于古印度教的六位瑜伽师（佛典中称之为"外道六师"），调御身心，进行身心联结的训练。获得觉悟后，释迦佛对世界的认知比他的老师们更深入，因为他发现了存在的真相——心的力量。

在教义上，佛教与印度教虽有重叠，但差异也很明显。

比如，两者均认可非暴力（不杀生）、业力、因果、轮回等观念；但对印度教不平等的种姓制度，主张"众生平等"的释迦佛予以摒弃。

比如，两者都追求获得觉悟，出离轮回，世界不过是幻象；但印度教认为存在着"永恒的神（梵）"和"永恒的自我（Atman，音译为'阿特曼'）"；释迦佛则认为没有永恒的神，也没有永恒的自我，自我就像流入大海的河流，在未入大海之前，可以坚持自己的方向，融入大海之后，便不能再执著于自我。

古老的印度文明，将人生划分为三个时期。

一是"学习期"，二十岁之前，人应该集中精力获得知识。

二是"家居期"，人通过婚姻获得家庭生活的快乐，通过职业获得世俗的成功，通过参与社会活动获得认可。

三是"退隐期"，有了第一个孙子之后，人应该退出"家居期"，辞别家人，成为林栖者，在孤寂的森林中思考生命的意义，进而成为云游者，像《薄伽梵歌》所形容的，成为"一个既不恨也不爱任何一切的人"。

在进入退隐期之前，人是可以追求快乐的，因此不必压抑自己的欲望，而要以明智的方式去追逐它，这是生命合法的目标之一。人的快乐要想得到满足，必须拥有"世俗的成功"——财富、名誉和权利。世俗的成功，是排他的、竞争的、无常的，充其量及身而止，尤其在死亡面前，更像一场梦幻一样。

这就像存在主义哲学先驱克尔凯郭尔所说的那样，"在享乐的无底海洋里，我无法探测到可以停泊的地方。我感受到那种一个享乐追逐一个享乐的几乎不可抗拒的力量，感受到它所能产生的那种虚假的热情、无聊和随后而来的折磨"。

认识到快乐、成功与疾病、死亡并存于生命之中后，很多人选择了转身，进入退隐期，进行瑜伽练习，专注于静默、冥想中，像印度圣雄甘地说的那样——"把注意力转移到内心去"，探究如何将自我融入世界创造者的怀中。

人们所熟知的"身体瑜伽"，在印度瑜伽文化中，只是"精神瑜伽"的前奏。身体瑜伽，又名"哈他瑜伽"，即用特定的姿势调御身体，让肌体与精神保持和谐。"精神瑜伽"则包括：智瑜伽（神秘的智慧之道）、胜王瑜伽（禅定之道）、爱瑜伽（虔信之道）、业瑜伽（行动之道）。

关于瑜伽，《奥义书》中有个形象的比喻。一个人坐在马车上，把驾车的任务交给车夫后，他可以安坐车中欣赏风景，不必操心路况。这是一个有关身心状态的隐喻。身体是车子，马是人的感官，车子经过的道路是人的感觉，经过训练的思想是驾车者，心则是那个车中安坐的人。

在儿子出生后，释迦佛提前进入"退隐期"，到森林中苦行六年，完成了调御身心的瑜伽训练。他发现，"梵"及三位主神虽然存在，但不是世界的创造者、主宰者，因为他们也在生死轮回之中。

释迦佛进一步发现，"诸法因缘生"，世界的形成，不是神创造出来的，而是种种因缘的和合；"缘灭法亦灭"，因缘和合的事物，随着条件的变化也将消失；人及所有生命的未来，都是由心导航的，"一切唯心造"；只有体验到"没有永恒的自我"的人，才可以真正地出离轮回。

在调御身心方面，释迦佛将人类的智慧提升到了前所未有的高度。因此，在佛典中，以"调御丈夫"（大瑜伽师）来称呼他。弥勒菩萨，是释迦佛认可的人类历史上将要出现的第二位大瑜伽师。

这一点，对于众多的瑜伽练习者来说，或许比较陌生。

释迦佛一生所讲之法，是有次第的。

佛法弘传之初，释迦佛对声闻众宣讲了"四谛法"——苦集灭道，分析苦的现象、原因、去苦的方法，宣说的经典结集为"阿含部"。就像教小孩走路，先教他站稳了，然后迈左脚，迈右脚，一步步地走，教他守戒、断习气、改毛病。

弟子们心性得以提升之后，释迦佛开始宣讲"般若法"，讲空有不二的般若中观，告诉人们世间一切性空缘起，要破除对"相"（一切境界）的执著，才能超越，才能解脱。

释迦佛在涅槃前，对未来佛（弥勒菩萨）宣讲了"唯识法"，教人认知心的本质以及如何管理好自己的心念、修行乃至成佛。万法唯识，是说心识之外的世界，都是由人的心识变现而来的，都不是真实的显现。

据《解深密经》记载，释迦佛将瑜伽行之教传授给弥勒菩萨。在释迦佛入灭九百年后，弥勒菩萨在兜率内院，将自己在修行方面的体会系统地传授给无著。无著记录的"弥勒五论"，形成了瑜伽学派。弥勒菩萨因此被尊为大乘瑜伽行派的始祖。

在《经观庄严论》中，弥勒菩萨对善知识做出
这样的界定："上师须具戒定慧，德高勤奋学问
广；具有正见善解说，富有慈悲和耐性。"

无著亲近弥勒菩萨的故事，也耐人寻味。

公元五世纪，无著在北印度犍陀罗国布路沙城的一个婆罗门种姓家庭出生。他从小接受了完整的婆罗门教的经典教育。后来，他受佛教影响，出家为僧，初习小乘，后来师从宾头卢修行空观，但一直没有领悟。

无著为开启度生的智慧，发愿住山修行，他天天祈请弥勒菩萨加持，希望菩萨能现身，或在梦中给予加持。然而，在六年的苦修中，跟弥勒菩萨有关的梦，他一个都没做。

无著想："看来是修不成了。"失去信心的他，决定下山。

途中，他看到一位老人用力地磨一根铁棒。无著问："老人家，你磨铁棒干什么？"老人说："我想把它磨成一根针。"

无著听后，心想，"为了得到一根针，世间人都这么有耐心。我想获得殊胜的菩提智慧，怎么可以轻言放弃？"

他又返回山上，苦修三年。弥勒菩萨依然没有出现，哪怕是在梦里。无著想，"看来我是没有希望了。"他又决定下山。

途中，他看到一个人在凿石头。无著问："你凿石头干什么？"那人说："这座山挡在我家前面，我想把山弄得低一点儿，好让白天家里受到日照光多一点儿。"

读到这里，你肯定也猜到了。无著又返回山上，苦修三年。

就这样，他住山十二年，天天祈请，弥勒菩萨却一直没有出现。

无著彻底心灰意冷，又下山了。途中，他见到一条后腿双残的母狗，后半身血肉模糊，肉里蠕动着很多白色的蛆虫。

无著对这条狗生起了强烈的大悲心，他停下脚步，"这只狗太痛苦了，我应该帮它清除肉中的蛆虫。如果用手抓，可能会把蛆虫捏死，我该怎么办？"

　　无著最终决定用舌头把这些蛆虫舔出来。虽然有强烈的大悲心，他还是无法睁着眼去舔，因为太恶心了。无著闭上双眼，伸出舌头低头舔了下去。

　　舌头碰到的，是路边的石头。

　　无著睁眼一看，哪里有母狗啊！眼前站着满脸笑容的弥勒菩萨。

　　无著抱着菩萨的腿哭了，他说："十二年来，我天天祈请，您为什么不显现呢？"

　　弥勒菩萨说："我一直在对你显现，只是你业障太重，看不到我。前两次你下山，路边遇到的磨针人、凿石者，都是我啊。这一次，你因为生起强烈的大悲心，清除了所有的业障，所以能看到我了。如果不相信，你把我扛在右肩上，进城让众人看看。"

　　无著将弥勒菩萨扛在右肩上，来到城里。他逢人便问："我肩上有什么？"人们说："什么也没有。"只有一位业障稍轻的老妇人说："您的肩上有一条快死的母狗。"

　　据《无著法师传》载，无著曾上升至兜率内院，请弥勒菩萨来到人间说法。弥勒菩萨每天夜里来人间讲法，连续讲了四个月。听讲的人中，只有无著可以见到菩萨，其他人只能听到声音。

　　弥勒菩萨所讲的，由无著记录下来，形成"弥勒五论"。

　　说到"弥勒五论"，汉传佛教、藏传佛教的说法有所不同。汉传的"弥勒五论"，包括《瑜伽师地论》《大乘庄严经论》《分别瑜伽论》《金刚般若波罗蜜多经论》《辨中边论》。藏传的"弥勒五论"，为《现观庄严论》《大乘庄严经论》《辨中边论》《究竟一乘宝性论》《辨法法性论》。

　　唐代玄奘法师所译《瑜伽师地论》，标明为弥勒菩萨口述、无著记录；但藏传佛教认为，此论为无著所造。藏译的《究竟一乘宝性论》，与收入汉传大藏经的《大乘最上要义论》内容相同，但汉译本却清楚地标示此论为坚慧所造。

释迦佛示寂后，一千年的发展中，佛教各部派在修学佛法上，出现了多种分歧。此时，弥勒菩萨来人间宣讲《瑜伽师地论》，意义非凡。《瑜伽师地论》将修行者（瑜伽师）所依、所行的境界划分十七地。这十七地，以资粮、加行、见道、修道四步，清晰地总结出从初学到成佛所必经的觉悟之道。

瑜伽师必经的十七地，分别为：五识身相应地、意地、有寻有伺地、无寻唯伺地、无寻无伺地、三摩呬多地、非三摩呬多地、有心地、无心地、闻所成地、思所成地、修所成地、声闻地、独觉地、菩萨地、有余依地、无余依地。

这里的"地"，含义多元，一指"次第"，是成为瑜伽师依次踏上的十七个台阶；二指"实地"，为瑜伽师的立足之"地"，在信仰上，脚踏实地比凌空蹈虚重要。

数月前，禅友耀杰充满无奈地向我倾诉了一些烦恼。我建议他："你坚持念'皈依佛，皈依法，皈依僧'，每天念两千遍。当你念足十万遍以后，再有烦恼你也不会无奈了。"他半信半疑地试了两个月，兴奋地告诉我，现在就算烦恼来了，人不烦了，该做什么做什么，心里踏实多了。

烦恼如同泥潭，信心如同桥柱。信心坚固持久，穿越泥潭的桥梁就会铺设得既稳固又延展，人就不会陷身泥潭之中。

《瑜伽师地论》内容广博，若没有深厚佛学基础的人，想读懂它会有些困难。弥勒菩萨说，修学佛法的基础，是"皈依三宝"；"皈依三宝"也是贯穿了整个修行过程的重要法门。皈依之后，禅行者应该行"四法行"——亲近善知识、听闻正法、如理作意（思维）、法随法行。

"亲近善知识"，指依止好老师。什么样的老师才是好老师呢？在

《瑜伽师地论》中，弥勒菩萨说好老师有八个特征：一、持戒清净，道德高尚；二、具足正见，学识渊博；三、精于禅定，身心调柔；四、具慈悲心，待人平等；五、能施无畏，给人信心；六、常行忍辱，常怀感恩；七、修学佛法，永不满足；八、智慧善巧，宣讲佛法，能令人理解。判断一个人是不是善知识，第一、第二条尤为关键。

说到好老师具备的特点，弥勒菩萨还这样说过："上师须具戒定慧，德高勤奋学问广；具有正见善解说，富有慈悲和耐性。"（出自《经观庄严论》）

这世上，有好老师，就有坏老师。怎样才能远离坏老师呢？如果你认可的好老师喜欢搞个人崇拜、喜欢标新立异、喜欢求名求利、喜欢附炎趋势、喜欢故弄玄虚……你就应该离他远一点儿。

"听闻正法、如理作意"，就是从好老师那里学习到释迦佛宣讲的正法——如"无常、无我、静心""苦集灭道""心内求法"等，应该成为我们处理事物时思维、判断的标准。

"法随法行"，就是修行，就是将释迦佛开示的智慧与慈悲运用到实际的生活中。这就像钢琴家照着乐谱弹出动听的曲子；有的人能读五线谱，但不会弹琴，就称不上"法随法行"。净慧长老提倡的"生活禅"，就是"法随法行"的一个具体实践，"在生活中修行，在修行中生活"，就是"法随法行"的具体体现。

亲近善知识、听闻正法、如理作意、法随法行——按"四法行"来做，可以让禅修者少走弯路。踏上菩提路，人要脚踏实地，勇猛精进，以戒为师，以法为桥，不要陷身于信仰的泥潭。当然，禅修者也要远离信仰的"浪漫主义"（追求形式、浅尝辄止），以及信仰的"虚无主义"（狂禅、只说不做）。

03　佛性的秘密

　　写作期间，虽然人在北京，心却回到雪窦山上。完成一章，如同爬过雪窦山的一座山峰。站到山顶，看到高处的风景，感觉这一路辛劳是值得的。写作是有难度的。我经常在字里行间迷路，就像在分岔的山路间不知该走向何处。但我有信心。遇到文思枯竭时，我就默默地祈请弥勒菩萨加持。

　　下午三四点钟，阴沉的天空，电闪雷鸣起来，接着下了一阵雨。暮色昏黄时，云层淡了，天边闪出月亮朦胧的身形。我牵着儿子的手，到楼下散步。

　　路边，有一洼浅浅的积水。儿子说："爸爸，你看，月亮。"我顺着他的手指，看到了水洼中的月亮。又抬起头，看了看天上的月亮。

　　天上的月亮离我很远，水中的月亮离我很近。

　　"圆满光华不磨莹，挂在青天是我心。"看着眼前月，想起寒山诗。品咏前人诗句，我自问："我心中有月亮吗？""有！"我坚定地自答。此刻，出现在我心中的月亮，就是弥勒菩萨的脸庞。写作《世界因你而欢喜》遇到障碍时，我就观想弥勒菩萨，慢慢地，弥勒菩萨就微笑着出现在我心里，如同碧天中出现一轮明月。

本具的佛性，是每个人心地深处潜藏着的宝藏。弥勒菩萨说，如果你相信，也肯去挖掘，最终会有得宝的一天。在挖到宝藏之前，如果你放弃了，你浪费的不仅是时间。

这个并不神秘的宗教体验，让我想到弥勒菩萨在《宝性论》中所宣说的"佛性的秘密"。

数日前，有人到河北赵县柏林禅寺参访，问明海大和尚："佛教是不是有很多秘密？你心中的佛教是什么样子的？"

明海和尚智慧地将二问并为一答："佛教首先是信和智（慧）并重的宗教，它不是绝对地强调唯'信'主义，也不是绝对地强调唯'理'主义，它是信智并重；其次，佛教有宗教的范畴，又有宗教的超越，有宗教的自我独立，又有宗教与社会文化的开放和融通；第三，佛教是绝对的和平主义，非暴力的；第四，佛法就是信和智，是信心与智慧在每个人心性上的具体体现。"

在人类智慧的发展史上，释迦佛犹如太阳，弥勒菩萨犹如月亮。在太阳落山之后，出现在夜晚的月亮，将她获得的阳光折射给人间。

弥勒菩萨的笑脸，还让我联想到，如果把心比作湖泊，只有湖水澄静时，月亮才会完整地出现在湖心。人的信心，犹如湖水；倒映在水面上的月亮，犹如人掌握的智慧。虽然出现在水面上的月亮，只是月亮的幻影，但是如果一个人对佛法没有信心，他的心湖是干涸的，那么他连幻现的月亮都不会拥有。

《宝性论》，全称为《究竟一乘宝性论》，在论中，弥勒菩萨列出禅修者应该关注的七个重点：佛、法、僧、佛性、觉悟、功德、事业。禅修者首先要皈依佛、法、僧三宝，然后，进行系统的修学训练，让本具的佛性得以显现，以便做更多利生的事业。

弥勒菩萨所说的"宝性"，是人本具的佛性。本具的佛性，不是某个具体的器官或者功能，而是指每个人都有觉悟的可能性。如果认为自己没有学佛，就不具有佛性，这是典型的谬见之一。

弥勒菩萨说，佛性就像天上的月亮。有的人看不到，是因为他的眼睛一直被无明的阴云遮蔽着。

从因果的角度说，人生命中的所有际遇，都是"业的显现"。这，听起来有点像"宿命论"，好像一切都是命中注定、不可改变一样。打个比方说，一艘船即将靠近海岸时，被暴风雨倾覆了。宿命论者说："完了，这是我们的业！"弥勒菩萨说："来，我们一起努力向岸上游吧！"

如何突破"业的显现"？弥勒菩萨说："烦恼犹如云，所作业如梦。如幻阴亦尔，烦恼业生故。"烦恼如遮蔽月亮的阴云，善业、恶业都不过是一场梦。不仅业像梦一样不真实，连同业的结果也一样是不真实的。然而，人只要还有"我执"，那些曾经的业及果又是真实存在的，所以不能简单地认为业如梦、业果如幻。这就像人照镜子，镜子里出现的是你的脸，不会是一个马铃薯。

本具的佛性，是每个人心底深处潜藏着的宝藏。弥勒菩萨说，如果你相信，也肯去挖掘，最终会有得宝的一天。在挖到宝藏之前，如果你放弃了，你浪费的不仅是时间。

"处处经中说，内外一切空，有为法如云，及如梦幻等，此中何故说，一切诸众生，皆有如来性。"人人本具佛性，弥勒菩萨指出的这一点，对缺乏自信的人来说，是多么利好的消息啊！如果你相信菩萨所说，你会很开心，你想不想找到它呢？它又在生命中的什么地方藏着呢？

"佛性有两种，一者如地藏，二者如树果，无始世界来，自性清净心，修行无上道。"弥勒菩萨说，佛性像大地里的宝藏，像树上的果实，一直在人的清净心中隐藏着。

在生活中遇到痛苦时，不要烦恼，因为那个让你觉察到痛苦存在的心，就是你本具佛性的显现处。当你想脱离痛苦、出离烦恼时，本具的佛性已经在你的心中慢慢显现了。

"以有怯弱心，轻慢诸众生，执著虚妄法，谤真如佛性，计身有神我，为令如是等，远离五种过，故说有佛性。"本具的佛性是光明的，但有时它被怯弱、轻慢、执著、怀疑、迷信这五种阴云遮蔽着。

知道自己本具佛性后，禅修时面对烦恼、痛苦，不能气馁，因为智慧的光芒能够驱散无明的阴云。

如果因为本具的佛性开始显现，而轻慢其他没有显现的人，这份轻慢，又会形成新的阴云。真正显现本具佛性的人，看到其他被烦恼遮蔽的众生，会慈悲、欢喜地与他们相处。

弥勒菩萨说，坚信本具佛性的人，会获得五种利益：一是能对解脱生起坚定的信心，二是能对众生生起恭敬心，三是能远离执著生起菩提心，四是能证悟空性契入佛心，五是能对众生生起平等心。

不相信本具佛性，是缺乏正见。不相信本具佛性的人，释迦佛如日的智慧之光尽管能够普照十方，却无法照亮他的眼睛。就像弥勒菩萨所说的那样，"如无眼目者，不能见日轮。"

"三十年前未参禅时，见山是山，见水是水。及至后来亲见（善）知识，有个入处，见山不是山，见水不是水。而今得个休歇处，依前见山只是山，见水只是水。大众，这三般见解，是同是别？"宋代青原禅师的这则禅语，至今依然为人津津乐道。

眼前的雪窦山、千丈岩瀑布，如果就是青原禅师在这则公案中所说的山、水，又该怎么理解？

未参禅时，对山水的认知，是名相（概念）上的认知，是对所见之物的分别与执著。

参禅要打破一切分别、执著，当人不再执著地向外观山看水时，他不再关注山水的名相（概念），而把注意力转移到认知自性上，于是"见山不是山，见水不是水"。

有一次，云居山的法藏法师跟我讲禅堂里的故事。老修行看到禅堂里来了新禅和子，就问："土豆是不是苹果树上结出来的？"新禅和子如果执著于名相，就会固执地认为"土豆是土里长出的，苹果树上只能结出苹果"，会说不是。老修行一香板打过来，然后告诉你："苹果树上结出的，在我这里就叫'土豆'。"如果认为苹果树上只能结苹果，是心

走在修行的道路上，要把自私自利的心全部去掉，确实有点困难。作为一个禅修者，在谋求自利的时候，应该观察一下心中是否同时生起利他的念头。经常这样观察，利他的念头就会相续不断。利他的念头能够相续时，"我执"就会慢慢减少。

被"苹果"那个概念局限住了。

禅修者由"性相各异"迈入"性相不二"的境地时，便是得个休歇处，此时，见山只是山，见水只是水，禅者以平常心看世界，没有分别，没有执著，一切随缘，怎么都好。

这个过程，如同弥勒菩萨在《现观庄严论》中所指出的"现证庄严"。《现观庄严论》讲的是诸佛菩萨的"空性智慧"；人如能让菩提心相续生起，就能够获得究竟的解脱。因此，禅修者要破除的，不是山水显现的外相，而是内心对山水的外相产生的执著。

弥勒菩萨说："发心为利他，求正等菩提。"菩提心有两个方向：一是以智慧成就佛果，一是以悲心利益众生。菩提心就是利他心，利益一切众生，帮助众生获得觉悟。

说到利他，佛典中有这样一个公案。过去，有个叫喜见的人，他由于嗔恨心重，死后进入地狱。在地狱中，喜见每天和同伴手推烧得通红的铁车运送东西。他们的手被烧得皮开肉绽，但不能停下来。同伴由于力气小推不动，被监工的狱卒用火锤打得死去活来。喜见生起大悲心，斗胆对狱卒说："这个车我自己就能推动，您能让他休息一下吗？"狱卒生气地说："每个人的罪业都是自己承受，你怎么可以替代他呢？"说完，狱卒用火锤狠狠地打喜见的头，一下子把喜见打死了。地狱众生被打死之后，会马上复活，继续受苦。然而，令狱卒惊讶的是，喜见被打死后，并没有活过来；他凭借着方才生起的一念利他心，往生到了天界。

喜见，是释迦佛本生故事中的一个主角。据说，释迦佛发菩提心，就是从这个故事开始的。

走在修行的道路上，要把自私自利的心全部去掉，确实有点困难。作为一个禅修者，在谋求自利的时候，应该观察一下心中是否同时生起利他的念头。经常这样观察，利他的念头就会相续不断。利他的念头能够相续时，"我执"就会慢慢减少。

"珍贵菩提心，众生安乐因。除苦妙甘霖，其福何能量？"弥勒菩萨为什么总是充满欢喜？菩萨的欢喜，来自利他心；众生为什么总是愁眉苦脸？众生的愁苦缘于对自我的执著。

在《现观庄严论》中，弥勒菩萨着眼于境、行、果，为修学般若的人理清思路，建立了以般若义理、现观诸法、修学次第为主体的教学体系。

以"菩萨发心"为例，弥勒菩萨化繁芜为精练，显般若于现观，用了二十二种比喻，"如地金月火，藏宝源大海，金刚山药友，如意宝日歌，王库及大路，车乘与泉水，雅声河流云"，赞叹菩提心的殊胜功德。

一如"地"。菩提心犹如大地。大地长养一切众生，菩提心是成佛的基础。

二如"金"。菩提心犹如黄金一样稀有、珍贵。

三如"月"。菩提心犹如月亮。如同新月会成为满月，菩提心将圆满佛果。

四如"火"。犹如烈火能烧毁薪柴，菩提心能烧毁菩萨的烦恼。

五如"宝藏"。犹如宝藏里有无数珍宝，菩提心能满足菩萨的一切所需。

六如"宝源"。犹如宝石的矿源，菩提心是佛法珍宝之源。

七如"大海"。犹如大海之无尽，菩提心不会让菩萨感到满足。

八如"金刚"。犹如金刚不被破坏，菩提心不会被任何外物摧坏。

九如"山"。犹如狂风吹不动大山，菩提心能让菩萨如如不动。

十如"药"。犹如妙药断除疾病，菩提心可以寂灭一切烦恼。

十一如"友"。犹如亲友不会舍弃自己，菩提心与菩萨常相伴随。

十二如"如意宝"。犹如如意树满足所需，菩提心满足菩萨所愿。

十三如"日"。犹如日轮照破黑暗，成熟庄稼，菩提心能破除无明，成就善法功德。

十四如"歌"。犹如歌声让人喜乐，菩提心能提供喜乐。

十五如"王"。犹如国王能驾驭一切，菩提心能制服一切烦恼。

十六如"库"。犹如宝库具足一切，菩提心具足一切善法资粮。

十七如"大路"。犹如大路任人行走，菩提心为圣者指引道路。

十八如"车乘"。犹如车能把人送达目的地，菩提心能将菩萨送到般若境地。

十九如"泉"。犹如泉水用之不竭，菩提心的功德没有穷尽。

二十如"雅声"。犹如美妙的声音，菩提心令众生乐于听闻。

二十一如"河流"。犹如河流源远流长，菩提心的利他事业永不间断。

二十二如"云"。犹如大云能降甘露，菩提心能滋润一切众生。

弥勒菩萨说，如果众生能这样发心，他的心就是一只般若妙瓶，里面盛满了佛法的甘露。

发菩提心，能先自利吗？弥勒菩萨说："可以。"这就像要解他人饥渴，必须先有食物和水。又如，好多人身陷泥淖难以自拔，你要把泥淖中的人救出来，得先让自己爬出泥淖。这种为利他而自利的行为，就是发菩提心。

也有禅修者担心自己有这样那样的执著，无法发菩提心。弥勒菩萨说，你所执著的，恰恰是你发菩提心的助缘。执著于自利的人，能以不伤害他人利益的方式自利，也是发菩提心。

也有人会问：一味地利他，不也是一种执著吗？是执著，但这种执著，在成佛之前，禅修者是离不开的。在所有的执著中，利他的执著、对佛菩萨生起信心的执著，是最珍贵的；嗔恨心的执著、贪心的执著，是最低劣、最不好的。

著，在成佛之前，禅修者是离不开的。在所有的执著中，利他的执著、对佛菩萨生起信心的执著，是最珍贵的；嗔恨心的执著、贪心的执著，是最低劣、最不好的。

柒

雪竇宗風

01　永明延寿：万法如镜

在山间整整游荡了一天，天色向晚时分，回到塔院，晚餐后，便回房间休息了。原以为次日会睡到红日三竿，孰料晨光熹微时，人就醒了。我打开床灯，邻床的肖业受到灯光影响，朝另一侧翻转过身子。我坐起来，拿起一本书，倚在床头翻看。

看的是老糯送我的一本书。书中有篇文章，介绍永明延寿禅师与雪窦山因缘。其中的一则公案，说到了昨日我们的行履之处。

据《高僧传》记载，后周广顺二年，公元952年，延寿禅师来到雪窦山。他隐迹山中，经常到千丈岩瀑布前坐禅诵经。山居清苦，禅师冬夏一衲，野蔬为食，食无兼味，过午不食。

四面八方的参禅者，前来山中依止他。一天，延寿禅师借飞奔而下的千丈岩瀑布、险峻的山岩作比喻，问参学者如何修行："雪窦这里，迅瀑千寻，不停纤粟；奇岩万仞，无立足处。汝等诸人，向什么处进步？"

有僧问："雪窦一径，如何履践？"

禅师答："步步寒花结，言言彻底冰。"

从这两句话看，这个公案发生在冬季。

四面八方的参禅者，前来雪窦山依止延寿禅
师。一天，禅师借奔流的千丈岩瀑布、险峻
的山岩作比喻，问参学者如何修行："雪窦这
里，迅瀑千寻，不停纤粟；奇岩万仞，无立
足处。汝等诸人，向什么处进步？"

那日，我们从锦镜池边走到仰止桥上，岩上岩下，水花溅处，桥面湿漉漉的。为防滑倒，举足落足，我们小心翼翼。如果是冬天呢？脚下有冰霜时，每一步，会走得更谨慎。

据《佛祖统纪》记载，延寿禅师（904—975），俗姓王，浙江余杭人。早年，他是吴越国一名负责税收的官吏。王税官经常挪用税款，买鱼虾放生。后来事发，按律当斩。吴越王是佛教徒，不想因人放生而杀生，便派使者前来监斩，嘱咐说："如果此人怕死，就斩掉；如果不怕死，就放他一条生路。"

王税官临斩不惧，获得一条生路，这一年，他三十岁。

走出刑场，王税官跑到天台山，依止吴越国师德韶禅师，出家为僧，法号延寿。德韶禅师很器重他，密授玄旨。

后周广顺二年，延寿禅师迁遁雪窦。一时，四方僧众纷纷追随前来，雪窦寺成为当时著名的禅宗道场。

在雪窦住山期间，延寿禅师精进禅修，不断超越，他悟得的禅境更是高深莫测。弘法之余，延寿禅师在山中完成了禅学巨著《宗镜录》初稿（一百卷、八十万字）。

法眼禅师是德韶禅师的师父、延寿禅师的师公，主张参禅者研究教典，曾说"今人看古教，不免心中闹。欲免心中闹，但知看古教"。延寿禅师为什么编撰《宗镜录》呢？他说："近代相承，不看古教，唯专己见，不合圆诠。……今时学者，全寡见闻，恃我解而不近明师，执己见而罔披宝藏，故兹遍录，以示后贤，莫踵前非，免有所悔。"

在《宗镜录》序言中，延寿禅师说："举一心为宗，照万法如镜。编联古制之深义，撮略宝藏之圆诠。同此显扬，称之曰录。今详祖佛大意，经论正宗，削去繁文，唯搜要旨。假申问答，广引证明。"

公元 960 年，北宋政权建立。同年，新即位的吴越王钱俶，将延寿禅师从雪窦山迎请到杭州，赐号"智觉禅师"。

在钱俶的资助下，延寿禅师在杭州完成了广济众生的三大事业：一是重兴了当时已衰微的灵隐寺；二是在永明院（今天的杭州净慈寺）将《宗镜录》定稿；三是奉诏督建钱塘江边的六和塔，为杭州增加了一个地标建筑。

公元 978 年，北宋政权欲统一江南。为众生免遭涂炭，延寿禅师劝导钱俶"重民轻土"。钱俶降宋后，举族归于京师，并将《宗镜录》献给宋太宗。

公元 992 年，延寿禅师圆寂。宋太宗敕谕明州瀑布观音院（雪窦寺），命寺僧将《宗镜录》"同归藏海，俾僧看阅"。

延寿禅师晚年长住杭州永明院，因此禅宗史籍中多称他"永明延寿"；因他曾被吴越王赐号"智觉禅师"，也称"智觉延寿"。

延寿禅师的一生著作，有六十一种一百九十七卷之多。其中著名的作品，有《宗镜录》《万善同归集》《唯心诀》《心赋注》《观心玄枢》等。这些作品中，《宗镜录》影响最大，与《资治通鉴》并列为"宋代两部奇书"。《宗镜录》在宋代就走出了国界，影响到高丽（朝鲜半岛）、日本。公元 1246 年，高丽王朝雕刻《大藏经》时，率先将《宗镜录》收入其中。

汉传佛教，有"禅净双修"之说。据载，最早提倡"禅净双修"的文字，就是延寿禅师的《四料简》。因此，延寿禅师还被净土宗尊为祖师。

《四料简》文字不长，全文如下："有禅无净土，十人九蹉路；阴境若现前，瞥尔随他去。无禅有净土，万修万人去；但得见弥陀，何愁不开悟？有禅有净土，犹如戴角虎；现世为人师，来生作佛祖。无禅无净土，铁床并铜柱；万劫与千生，没个人依怙。"

虽说《四料简》提倡"禅净双修"，但其主旨，却是抑禅而扬净土。禅门巨著《宗镜录》的作者，延寿禅师会这样做吗？近代禅门大德虚云老和尚对此存有疑问。

虚云老和尚说："《四料简》一出，禅净二宗顿起斗争。净土宗徒说，有禅无净土，十人九蹉路。单修禅宗，生死不了；单修净土，万修万人去。又参禅又念佛，犹如戴角虎。无禅无净土，是世间恶人。净土宗徒，以此批评禅宗，至今闹不清，屡说参禅之弊。

"永明禅师出身禅宗，是法眼宗第三代，哪里会自抑己宗、说禅不好的道理？唯我平常留心典章，从未见到《四料简》载在永明何种著作中。但天下流传已久，不敢说他是伪托的。他所呵责'有禅无净土'，难道禅净是二吗？念佛人心净佛土净，即见自性弥陀，这净土与禅是不二的。但今人却局限于念佛为净，参禅为禅。"（引自虚云老和尚《禅宗与净土》一文）

佛学研究者顾伟康研究发现，禅净合流的思想，始于元末。他认为《四料简》是伪托之作。提及《四料简》的史料，最早出现于明代初年姚广孝辑录的《净土简要录》中，"（延寿）有《宗镜录》一百卷行世，有四偈劝禅人兼修净土"，这段文字含糊其词，二者前后相连，颇易令人误会。清代僧人济能在乾隆年间辑录《角虎集》时，则直接写成"（延寿）为《宗镜录》一百卷，中有《四料简》"。

借由现代科技，顾伟康对《宗镜录》八十万字进行了全文检索，从中却找不出《四料简》中的任何一句。

当年，《宗镜录》定稿后，吴越王钱俶为之作序时，写到天下有三教，"儒，吾之师也；道，儒之师也；释，道之宗也……唯此三教，并自心修……"可以看出，钱俶对延寿禅师能够包容儒释道的心怀，极为赞叹。

说来有趣，在布袋和尚之前，南北朝时期的傅大士，被认定为弥勒化身。在布袋和尚之后，永明延寿禅师也被认定为弥勒化身。

清代雍正皇帝对延寿禅师推崇备至。在日理万机之余，雍正通读《宗镜录》后，选其要旨，重新刊印，颁发天下丛林。在序言中，雍正说："朕披其著述，钦厥风规，更为震旦第一导师。……世传禅师诞降，实惟慈氏下生，朕谓不必慈氏再来，现同慈氏本说，特为重刊，用广其传。"

"现同慈氏本说"一语，表明在雍正眼里，《宗镜录》就是弥勒菩萨说的。

关于延寿禅师，还有另一个版本的传说，说他是阿弥陀佛的化身。汉传佛教以农历十一月十七日为"弥陀圣诞"，其实就是以延寿禅师的生日来确定的。

02　雪窦重显：颂古出新

上午，宏慧法师请我们喝茶。古雨法师、寂云法师共坐。

宏慧法师说："陪你们喝茶的这两个法师，都很有才。古雨法师是茶僧，寂云法师是琴僧。"

我请教寂云法师："古琴好学吗？"

"好学。把心静下来，一学就会。"

对我来说，把心静下来，可真不是一件容易事。

说到琴，我问寂云法师："苏东坡有一首《琴诗》，你知道吧？"

他脱口而出："'若言琴上有琴声，放在匣中何不鸣？若言声在指头上，何不于君指上听？'是说这首吧？"

宏慧法师说："我们今天不想听你背诗，想听你抚琴。"

寂云法师笑着起身离开了，过了一会儿，他怀抱古琴回来。他把琴放到窗前的琴案上，低眉静坐，抚弦调柱，"我为大家抚一曲《卧龙吟》吧。"

《卧龙吟》我是第一次欣赏，但其旋律却似乎非常熟悉。一曲终了，我问："这古琴曲怎么像一首歌？"

寂云法师说："这个曲子，被电视剧《三国演义》用过。"

说着，他又抚了一曲。

　　说到重显禅师，很多人可能不知道。说到重
显禅师的徒弟佛印禅师，知道的人就多了。
佛印禅师，是苏东坡的方外好友。苏东坡对
重显禅师极为服膺，曾作诗寄怀"此生初饮
庐山水，他日徒参雪窦禅"。

琴声清泠如流水，淙淙流进我心里。此刻，窗外湛蓝的天宇中，驻足着几朵悠闲的白云，它们似乎也在听琴。

流水与白云，让我想到了一首禅诗："三界无法，何处求心？白云为盖，流水作琴。一曲两曲无人会，雨过夜塘秋水深。"

我刚背出，宏慧法师就接了一句，"这首诗，是我们雪窦重显禅师写的。"

说到雪窦重显禅师，很多人可能不知道。说到重显禅师的徒弟佛印禅师，知道的人就多了。佛印禅师，是苏东坡的方外好友。苏东坡对重显禅师极为服膺，曾作诗寄怀"此生初饮庐山水，他日徒参雪窦禅"。在《再和并答杨次公》诗中，东坡赞叹道："高怀却有云门兴，好句争传雪窦风。"东坡还梦想从杭州来明州做太守，然而他一生履迹"黄州、惠州、儋州"，却未到明州。晚年的东坡慨叹道："不到雪窦，为平生大恨！"

在《中国禅学思想史》中，日本佛教学者忽滑谷快天提出，重显禅师是"禅道烂熟时代之第三人"，第一人为永明延寿。——这两位与雪窦山都因缘甚深。

重显禅师（980—1052），俗姓李，四川遂州（今四川遂宁）人。据《雪窦塔铭》记载，他从小不喜欢游玩，而是"读书知要，下笔敏速"。他家族富裕，世习儒业。虽幼受家学，他却一心想出家为僧，因"父母执不可"。父母去世后，他就马上跑到寺院出家了。出家之后，他广学经论，机辩无敌。

有一天，读《圆觉经》时，经文"心本是佛，由念起而漂沉"令他困惑。他四处云游，寻找答案。从四川来到湖北，他先后参访了多位禅师，如郢州（今湖北钟祥市）太阳山的警玄禅师、襄阳石门山的蕴聪禅师、黄梅五祖寺的师戒禅师、天门智门寺的光祚禅师等。

一天，他问光祚禅师："古人不起一念，怎么会有过失？"光祚禅师以手相招让他近前来，他刚走过去，光祚禅师举起拂尘狠狠地打了他一下。光祚禅师问："理解吗？"他刚要张口说什么，话还未说出口，又一拂尘打了过来。这一拂尘，把重显打得心地光明。

光祚禅师用拂尘打重显，是在提醒他，禅是无法用概念和语言来表达的。问"不起一念"的人，已经起了心动了念。起心动念并没有错，但执著于"不起一念"即是错。

得到光祚禅师认可后，重显又开始四处云游。在途中，他邂逅了早年的同窗好友曾会。此时的曾会，已官至大学士。曾会建议他去杭州灵隐寺方丈延珊禅师座下参学，并为他写了一封举荐信。

重显来到灵隐寺，挂单住下，但他并没有把曾会的举荐信呈给延珊禅师。他在灵隐寺住了三年，每天，他同其他僧人一起上殿、过堂、参禅、出坡（劳动），用心参学。

恰巧，曾会出任杭州太守，他来灵隐寺拜访延珊禅师时，聊起了重显。延珊禅师惘然不知。于是，派人在寺中查找。后来，在禅堂里找出了睡通铺的重显禅师。

曾会问："我给你写的那封信呢？"

重显从衣袖里将信取出，还给曾会，他说："相公的心意我领了。您也知道，我是行脚的，不是送信的！"

曾会闻言大笑。延珊禅师"以是奇之"，也对重显另眼相看。

不久，苏州吴江县太湖边的翠峰寺缺少住持，曾会与延珊禅师共同推荐了重显禅师。这一年，他四十二岁。

重显禅师住持翠峰寺期间，大受僧俗欢迎。

不久，曾会出任明州（今宁波）太守，他写信请重显禅师去雪窦山到资圣寺做住持。

苏州信众不愿意重显禅师离开，与明州来使发生了争执。

重显禅师只好升座普告大众，"僧家也无因无必，住则孤鹤冷翘松顶，去则片云忽过人间"，他表示不忘苏州信众的护念，但念及明州太守不远千里遣使而来，其诚意也不忍拂逆，因此希望苏州信众予以谅解。

宋真宗乾兴元年，公元 1022 年，重显禅师来到雪窦山。

开堂之日，重显禅师站在法座前环视大众说："若论本分相见，不必高升法座。"他用手指在空中画了一个圆圈，"诸人随山僧手看，无量诸佛国土，一时现前。各各仔细观瞻，其或涯际未知，不免拖泥带水。"

首次开堂示众，重显禅师强调佛法妙旨，实非言语所能说尽。纵然说得天花乱坠，若不从心而悟，在生死到来时，知识再多也派不上用场。禅在目前，当下即是，"诸人随山僧手看，无量诸佛国土，一时现前"。

《雪窦塔铭》说，住持雪窦寺期间，重显禅师重振禅寺仪规，规范寺众禅修生活，清理周围环境，使得寺院面貌一新。雪窦禅风名闻遐迩，远近的僧俗纷纷前来参谒受法。

重显禅师住持雪窦寺三十一年，后世多以"雪窦重显"称之。重显禅师善于诗偈，当时被誉为"僧中李白"。他的诗偈，如"一兔横身当古道，苍鹰瞥见便生擒。后来猎犬无灵性，只向枯桩境里寻"（《颂古》）"春风吹断海山云，彻夜寥寥绝四邻。月在石桥更无月，不知谁是月边人"（《送宝用禅师之天台》），被广为传诵。到雪窦山上参禅，也成为当时文人士大夫群体的一时风尚。

宋仁宗皇祐四年，公元 1052 年，重显禅师圆寂，春秋七十三岁。重显禅师的著作，如《雪窦开堂录》《颂古集》《雪窦后录》等，被后世禅林视为瑰宝。

《颂古集》，又称《雪窦颂古》《颂古百则》。重显禅师选择一百则禅门公案，在每则公案后面，他加一偈颂进行评唱（总结评点），由于他既具文学才华，又深契禅宗玄旨，所做评唱，推陈出新，设为捷径，把人引向禅悟的境界中去。颂古以"绕路说禅"的方式，推动了宋代"文字禅"的发展。

如《雪窦颂古》的"第三十七则"。举（例）：盘山垂语云："三界无法，何处求心？"（重显禅师）颂云（总结说）："三界无法，何处求心？白云为盖，流泉作琴。一曲两曲无人会，雨过夜塘秋水深。"

这则公案，说的是幽州盘山宝积禅师的故事。有一天，宝积禅师对僧众说："三界无法，何处求心？四大本空，佛依何住？"

重显禅师评论说，要理解佛法，不能执著于名相（概念），更不能心外觅佛。"白云为盖，流水作琴"，禅者把执著的念头放下，眼前万物，触目无非菩提，山河大地，心安随处道场。如有执著，流水潺潺奏响的无弦曲，又有谁能听懂？夜雨过后，一池秋水变得深不可测了。这是有为，还是无为，这种境界，又有谁来领略？

重显禅师也写过一首琴诗，题为《赠琴僧》："太古清音发指端，月当松顶夜堂寒。悲风流水多呜咽，不听希声不用弹。"

以乐器说禅，始自释迦佛。《楞严经》中，释迦佛说："譬如琴瑟箜篌琵琶，虽有妙音，若无妙指，终不能发。"

佛教所说的"缘起"，如从重显禅师、东坡居士的琴诗入手，便易于理解。琴声在哪里？在琴上，还是在指上？琴在，指在，如两者不相触，会不会有琴声？……世间万有，须因缘和合，方成一事，并非只有听琴如此，万事万物皆然。

重显禅师是否抚琴？未见相关文字记载。从他的琴诗，大致可以推测，他至少是喜欢听琴的。

03　大川普济：弥勒肚量

雪窦山历来高僧辈出。在延寿禅师、重显禅师之后，宋时，还有智鉴禅师、无准师范禅师；清代，有石奇禅师；民国时，有太虚大师。

智鉴禅师，其接法弟子为宁波天童寺如净禅师；如净禅师是日本禅宗曹洞宗开宗祖师道元的受业师。

无准师范禅师，当时被誉为"佛教泰斗"，他是日本留学僧圆尔辩圆的受业师。

这两位高僧，当时在国内声誉极高，在海外也影响巨大。

厚重的历史积淀，为雪窦山提供了独有的文化资源。雪窦山，就像布袋和尚手中的布袋，装纳着奇珍异宝。

大佛景区中，有一座铜殿，名"五灯会元"。前两天，我与肖业陪小雅在殿内供灯。

说到供灯，顺便多说几句。禅修者广修供养时，不能轻视一盏灯、一支香、一朵花、一杯水。即便所供之物微不足道，你以菩提心来做供养时，其福德也是不可思议的。

比如，在佛前供灯时，你可以在心里做观想：整个广大的世界，就像眼前的灯盏；点燃此灯，世界一片光明，将此灯的光明供养给诸佛菩

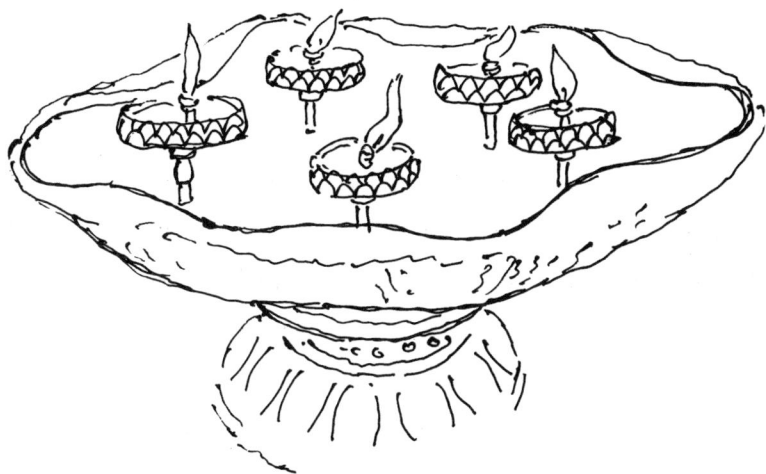

在佛前供灯时，你可以在心里做观想：整个
广大的世界，就像眼前的灯盏；点燃此灯，
世界一片光明，将此灯的光明供养给诸佛菩
萨及法界众生。这种观想，能扩大人的心量，
心量大的人，拥有的世界也会更大。

萨及法界众生。这种观想，能扩大人的心量，心量大的人，拥有的世界
也会更大。

《五灯会元》，本是一部禅宗典籍的名字。

《五灯会元》的编撰者，是南宋高僧大川普济，也是奉化人。

大川普济（1179—1253），俗姓张，十九岁出家。出家之后，当时
江浙一带"东南佛国"的著名禅师，像无用净全、佛照德光、浙翁如
琰、松源崇岳、肯堂彦充等，他都一一亲近过。

禅门史料记载，普济一生"八迁法席"，相继住持过妙胜禅院（今
宁波镇海妙胜寺）、观音寺（今普陀山普济寺）、大中寺（今奉化岳林
寺）、报恩寺（今宁波七塔寺）、报国寺（今宁波东钱湖大慈寺）、天章寺
（原寺位于绍兴兰亭，抗战时毁于敌手）以及杭州的净慈寺、灵隐寺。

作为布袋和尚的同乡，普济还做过岳林寺（布袋和尚的出家道场）
的住持。在升座晋院时，他在山门上题写了一首诗偈："契此老公无计
性，不知生日与生辰。春风桃李知时节，特地年年说向人。"

当时的画家梁楷为布袋和尚画像写真后，还请普济禅师为画像题写
过像赞。

编撰《五灯会元》，是普济在杭州灵隐寺担任住持期间完成的。

《五灯会元》，是继《宗镜录》之后，中国佛教史上出现的又一部
伟大的经典巨著。历代学禅者对其推崇备至，清代甚至将其收入《四
库全书》。

在《中国佛教史籍概论》中，历史学家陈垣指出，普济编撰《五灯
会元》之前，禅门已有五本"灯录"，即《景德传灯录》《天圣广灯录》
《建中靖国续灯录》《联灯会要》《嘉泰普灯录》。这五本"灯录"，各

三十卷，内容多有重复。

普济禅师具有弥勒肚量，他删繁就简，合一百五十卷的"五灯"为一书，辑为二十卷的《五灯会元》。《五灯会元》就像布袋和尚的布袋，虽然体量不大，却囊括了"五灯"的要旨。因此，禅林有"禅宗语要，具在《五灯》"之说。

《五灯会元》荟萃了禅师们接引禅人时生动活泼的手段。禅虽只有一个字，在教人彻见心性方面，其教学方法却是千变万化的，没有固定可循的程式，就像释迦佛说的，"法无定法"。

比如，老禅师勘验参禅者的功夫与见地时，往往会说："你道一句来。"参禅者要张口说话，老禅师却伸过一只手将张口的嘴巴捂住。你让人道一句来，却又把人家的嘴捂住。这到底是想干什么？老禅师的一捂，是想让参禅者明白，禅在"言语道断，心行处灭"；那能够用语言表达出来的话语，根本不是禅！

有时，机缘成熟，老禅师这一捂，当下让参禅者开悟。

再比如，有僧问石头禅师："如何是解脱？"石头禅师反问："谁缚汝？"又问："如何是净土？"又反问："谁垢汝？"又问："如何是涅槃？"又反问："谁将生死与汝？"如是三问三答之后，石头禅师说："即心即佛，心佛众生，菩提烦恼，名异体一。汝等当知，自己心灵，体离断常，性非垢净，湛然圆满，凡圣齐同。"

开悟，就是当下获得心灵的解脱。"即心即佛"，自在无碍的禅境，隐藏在每个人的心中。参禅者不从心里找，却向外寻求，就像牧象人把大象留在家里，却跑到森林里寻找象的足迹一样。

写下"弥勒肚量"这四个字时，我忽然联想到，菩萨的名号其实也对应着人的身体。

于是，我写下这样一段文字："文殊头脑，观音心肠，普贤手眼，弥勒肚量，肺腑虚空，热血地藏，维摩肝胆，势至脊梁。由此可知，菩萨就在你我身心之中！"

文殊菩萨的智慧，集聚于人的大脑；观音菩萨的慈悲，对应着人的心灵；普贤菩萨的行愿，离不开人的手眼；弥勒菩萨的包容，犹如人的肚量；人的肺腑呼吸氧气，氧气来自虚空（虚空藏菩萨）；人体血脉运行不息，犹如地藏菩萨"地狱不空、誓不成佛"的无尽大愿；维摩诘菩萨作为居士群体的代表，与僧团肝胆相照；大势至菩萨的大力担当，犹如人挺直的脊梁。

后来，查得《大藏经》中确实有《八大菩萨曼荼罗经》。这八大菩萨中的文殊、普贤、观音、地藏、弥勒，是人们所熟知的；另外三位菩萨，金刚手、虚空藏、除盖障，或许有人感觉陌生。

金刚手菩萨，在汉译佛典中，又译为"大势至"。他与观音同为阿弥陀佛的胁侍之一，其心如金刚，身有大力，能救拔众生出离苦海。

虚空藏菩萨主福德，他能把虚空里无尽的宝藏分享给众生。

除盖障菩萨能消除众生的烦恼、疾病等所有的违缘。

为了行文方便，我以"维摩诘菩萨"替代"除盖障菩萨"，这两位菩萨应该都不会怪我。

说到"弥勒肚量"，还有这样一个小故事。

寺院里有个小徒弟，他看到师父和师兄们每餐吃三个馒头，而自己只吃一个，觉得少了，于是跟师父又要了两个。他吃下三个馒头，肚子又胀又痛，都无法扫地念经了。

师父悲悯地说："你肚量没那么大，贪多只会带来痛苦。"

拥有的多，就一定好？未必！只有适合自己，才是最好的。有时，说一个人有"弥勒肚量"，不是说他拥有的多，而是说他在意的少。

　　太虚塔院外，古木参天，绿阴夹道。塔院共有三进院落，依次为天王殿、摩尼殿和太虚大师纪念堂。这三座殿堂，飞檐翘角，古韵悠长。站在塔院内，能感受到山野间的虚静与悠远，地面铺满青石，人迹罕至处，自有一番"苔痕上阶绿，草色入帘青"的情趣。

　　殿堂建筑，依山就势，太虚大师纪念堂在最高处。

　　进得殿来，先问讯了殿中央的太虚大师全身铜质造像。大师端坐在法座上，一身缁衣，风度翩翩，右手拎佛珠，圆圆的脸上戴着一副圆框的近视镜，镜片后目光深邃。此刻，栩栩如生的大师，正在远眺。

　　铜像背后，竖着一道巨大的屏风，把纪念堂隔成前后两部分。屏风棕底蓝字，上有茗山老法师书写的太虚大师偈语："仰止唯佛陀，完成在人格。人成即佛成，是名真现实。"

　　屏风之后，即太虚大师舍利塔所在之处。

　　塔建于室内，塔身并不高。塔身正面，嵌入一块黑色石碑，上刻有"太虚大师之塔"六个隶书大字。此碑为上个世纪 40 年代大师舍利塔上的旧物。

　　说到这块碑，有一段故事。

太虚大师的一生，历经了中国近代社会的大
动荡、大变革、大战乱。他从偏远的乡村小
庵走到了阔大的十方丛林，从虔诚羞怯的小
沙弥成为当时的佛教领袖寄禅长老的近侍弟
子，从山林古刹参禅诵经的僧人成为首倡
"人生佛教"的菩萨行者。

1947 年 3 月 17 日，大师在上海玉佛寺圆寂，4 月 8 日于海潮寺举行茶毗（火化）。据印顺法师所编《太虚大师年谱》记载："10 日晨，法尊等于海潮寺拾取灵骨，得舍利三百余颗……14 日，大醒、亦幻、净严、尘空等，恭奉大师舍利灵骨至雪窦……安供法堂……1949 年 1 月 6 日，雪窦山大师舍利塔工事粗备……大醒奉大师灵骨入塔。"

"文革"之初，1967 年，太虚大师舍利塔被毁掉，碑及大师灵骨舍利均不知去向。2005 年，雪窦寺方丈怡藏大和尚发愿建纪念堂。两年后，纪念堂落成。当时，奉化旅游集团维修隐潭水库，在潭中发现了深藏数十年的塔碑，便将原碑嵌入新建舍利塔的塔身。

从 1967 年到 2007 年，整整四十年过去，塔碑失而复现，又恰在太虚塔院落成之时，颇为奇特！

说到太虚大师的舍利，还有一段故事。

1947 年 4 月 10 日，汉藏教理院代理院长法尊法师捡取太虚大师舍利时发现，经数日火化，大师法体烧出三百多颗舍利子，其中有表证功德完备的五彩舍利，紫色、白色、水晶色均有之。最奇妙的是，大师的心脏经烈火数日高温煅烧，竟然完整地形成心脏舍利。

现在安奉在塔内的太虚大师舍利，是怡藏法师 2001 年从香港请回来的。当时，怡藏法师请回大师舍利两颗，回到雪窦寺一夜之间，两颗舍利周围居然又长出四颗。这实在令人惊讶不已。大师与雪窦之缘，多么不可思议！

自 1932 年 10 月至 1946 年 5 月间，民国时期的佛教领袖太虚大师，是雪窦寺的住持。

太虚大师（1889—1947），俗姓吕，法名唯心，号太虚，浙江省桐乡县人；近代著名的学问僧，"人生佛教"思想的倡导者与实践者。

　　太虚大师出生于旧中国贫困偏僻的乡村，从小饱受苦楚，两岁时，父亲病故；四岁时，母亲改嫁；他由外婆抚养，对底层人民的疾苦有着深刻的体察。十六岁时，他投身佛门，在丛林的磨砺中，在佛法的滋润下，他的智慧与慈悲与日俱增。

　　太虚大师的一生，历经了中国近代社会的大动荡、大变革、大战乱。他从偏远的乡村小庵走到了阔大的十方丛林，从虔诚羞怯的小沙弥成为当时的佛教领袖寄禅长老的近侍弟子，从山林古刹参禅诵经的僧人成为首倡"人生佛教"的菩萨行者。

　　他亲近革命僧，接受新思想，大量阅读孙中山、康有为、梁启超、章太炎等人的著作及严复的译作；他以全新的目光审视日趋衰落的佛教，毅然"以佛教救国救天下"为己任；他主张佛教现代化，推行教制、教产和教理等改革，鼓吹革新，振兴僧学，期冀萎靡不振的传统佛教，焕发生机，适应时代潮流。

　　他闭关阅藏，深研佛典，不分天台、华严、法相、三论、禅、律、净、密等，一心摄受，饱餐法味，通宗通教，造诣高深；他走出国门，采风东瀛，履迹南洋，弘扬佛法于欧美，其间与大哲罗素论道；他放眼寰球，组建世界佛教联合会，反对战争，维护和平；他誓作众生依怙，立足大乘利他本怀，提倡"即人成佛"，建设人间净土。

　　在佛教内部新派、旧派的对立中，他振兴宗门，先后住持湖南大沩山寺、厦门南普陀寺、奉化雪窦寺，他以"虽千万人吾往矣"的气概，想前人所未想、行前人所未行，培养后学，兴办武昌佛学院、闽南佛学院、柏林教理院、汉藏教理院；借力新媒体，传播正知见，创办《佛教月刊》《觉社丛刊》《海潮音》等刊物；心痛于汉传佛教的凋敝，委派弟子芝峰、法舫、法尊，分头学习日本佛教、南传佛教、藏传佛教，探索汉传佛教的未来之路。

他的"人生佛教"思想，从困顿忧患的生活中来，他又将它奉献给困顿忧患中的众生。在繁华城市，他为保护庙产与行政长官金刚怒目；在山野乡间，他为佛化人间对普通百姓菩萨低眉。国难当头，他提出"爱国即爱教，救国即救法"，函电日本佛教界，抗议日本对中国的侵略；同时，"弘法抗战"，号召佛教徒抗敌救国，组织僧伽救护队，分赴战区服务。

1947年3月17日，太虚大师于上海玉佛寺圆寂，终年五十九岁。

两千年的中国佛教史，是一部佛教不断融入社会而又净化社会、适应时代而又教化时代的历史。纵观太虚大师一生，提倡"人生佛教"、建设人间净土的实践，是对"佛化人间"这个历史传统的接续。

虽然太虚大师对佛教各宗各派都有研究，但他尤其推崇"弥勒净土"信仰，并发愿往生弥勒兜率净土。

据《太虚大师年谱》记载，他一生宣讲次数最多的经典是《弥勒上生经》，晚年他还辑选了《瑜伽菩萨戒本》《瑜伽真实义品》及《弥勒上生经》，编为《慈宗三要》。

太虚大师说："就无量净土来讲，摄受我们最亲最近的是兜率净土。十方净土普遍摄受十方世界的众生，如普通大学之各科学术是应学生之要求而办的，僧学院是专门教育僧徒的，弥勒内院净土也是这样，是专为摄化此土友情而设。"

山居期间，他多次宣讲弥勒经典。如，1933年3月，他在雪窦寺开讲《出生菩提心经》；1934年2月，他在雪窦寺开讲《弥勒上生经》；1934年秋末，他在奉化中塔寺开讲《弥勒上生经》；1936年4月，他在雪窦寺开讲《弥勒上生经》约一月；1936年4月，他在雪窦寺开讲《兜率净土与十方净土之比观》；10月，他在雪窦寺开讲《解深密经·分别瑜伽品》等。

　　太虚大师认为弥勒菩萨以凡夫身行菩萨行，是世间众生效法的榜样。他作诗说："仰止唯佛陀，完成在人格。人成即佛成，是名真现实。"他认为要佛化人间，首先要重视人格的养成。

05 福梅居士：以佛医心

朝礼雪窦山，山脚下溪口镇上的蒋氏故居，也不可不看。

午斋前，老糯打来电话道："下午不要再安排其他事情了，我陪你们去看蒋氏故居。"

午斋后，老糯又打来电话："抱歉，下午我有事走不开了。我另外安排我们的'溪口通'老裘陪你们去。"

中午，我、小雅、肖业一起跑到古雨师的寮房里，上网、喝茶。忽然，院中有人喊："明博居士，你在哪里？"

我走出来，见摩尼殿前，站着一位身材高大、戴眼镜的中年男士。我问："您找我？"

这位先生径直朝我走过来："我是裘国松。老糯安排我下午陪你们。"他言语干练，人也随和，说话先笑，一团和气。

"裘——国——松"，这个名字好熟啊！在哪里见过呢？我努力地扫描脑海中的记忆。

他握着我的手摇晃了一下，道："咱们是第一次见面。我和你一样，也是作家。"

作家裘国松，噢，我一下子想到了，他是《从故乡到异乡》的作

婚后，毛福梅与蒋母相处和睦。受蒋母影响，她开始诵经念佛。与蒋介石离婚之后，福梅居士到雪窦寺听经拜佛的次数增多了。她以佛医心，满腹心事说与菩萨。图为岩头村毛福梅故居外景速写。

者，我在武岭书局买的书。

我也握着他的手摇晃着，高兴地说："那真是太有缘了。前两天，我还买了你一本书呢。老糯说你是'溪口通'，名不虚传。有你相陪，今天下午就有得看了。"

裘国松快人快语道："我是这样计划的，下午，先去岩头村，看看蒋介石发妻毛福梅的娘家，然后，再折回溪口，看蒋氏故居，等把丰镐房、玉泰盐铺、武岭学校、武岭关、文昌阁、小洋楼走一遭后，我们去摩诃殿。如果还有时间，再去看蒋母墓。你觉得如何？"

岩头古村，环村皆山，一道碧水，将村子分为左右两半，连接左右两村的，是三座石桥。弯曲的溪流与三座石桥，组成了一个象形的"毛"字。说来也巧，岩头村中，毛为大姓。沿溪边走向毛福梅娘家旧居时，不知道哪阵风把一片云吹到了我们头顶上，这片云带来了细细的雨丝。

裘国松加快了脚步，引我们走过几条小巷，来到毛福梅娘家故居前。五马头的山墙，梅花、蝙蝠图案的木窗，砖雕的门楼、彩绘的墙沿，彰显着毛家昔日的富裕。站在正房的堂屋，裘国松介绍说："右间屋是毛福梅的闺房，左间屋是毛福梅母子回娘家时的住处。蒋经国是在岩头长大的。"

1901年冬天，十九岁的毛福梅被花轿抬到溪口镇上。在喜庆的鞭炮声中，她成为十四岁的蒋瑞元的发妻。这位朴实的山村姑娘恐怕想不到，当她迈进婚姻的门槛时，也无意间迈进了民国的历史。

丰镐房是蒋氏故居的主要参观地。故居墙上陈列的照片，再现了这所庭院与民国历史的藕断丝连。

婚后，毛福梅与蒋母相处和睦。受蒋母影响，她开始诵经念佛。

1903 年 8 月，蒋瑞元赴宁波赶考，把名字改为蒋志清。毛福梅和蒋母天天祈求观音菩萨保佑蒋志清蟾宫折桂，衣锦还乡。过了几天，蒋志清一脸冷霜地回来了。他并没有参加应试，因为当时宁波城内流行新思潮，知识分子已厌倦科考。

蒋志清告诉妻子，奉化城里正兴办"作新女校"。蒋母也鼓励她前去就学，以便有了文化将来相夫教子。

日子平静地过去两三年。1906 年，因交不上强行摊派的田赋，蒋志清被拘役关押到县衙。蒋母与毛福梅多方求告，凑足田赋，蒋志清得以回家。有感于孀母孤儿为人欺压，蒋母鼓励儿子外出闯世界，毛福梅含泪送走丈夫。

蒋志清考入保定陆军速成学堂，后被保送到日本振武学校，不久加入同盟会，追随孙中山，回国组织革命运动。夫妻二人聚少离多，1910年，毛福梅生下蒋经国。

溪口人不时把有关蒋志清的消息传来，他改名蒋中正了，他率队攻打浙江总督府了，他被北洋政府通缉了……毛福梅和蒋母活在牵挂与惊恐中，既希望听到他的消息，又怕听到他的消息。

1921 年 6 月，蒋母去世。蒋中正与毛福梅关系疏远。毛福梅将感情倾注在蒋经国身上。不久，蒋中正把蒋经国带到上海读书，后又送他去苏联留学。母子关山阻隔，杳无音信。毛福梅日日祈请菩萨保佑儿子早日平安归来。

1927 年 8 月，蒋中正欲向宋美龄求婚。他回到溪口办理离婚，毛福梅坚决不同意。想到毛福梅信佛，蒋中正决定用佛法感化她。当年中秋之夜，太虚大师应邀在溪口文昌阁为蒋中正一家讲《心经》，纾解了毛福梅的心结。不久，她同意离婚，但要求"离婚不离家"，继续打理丰镐房家务。

后来，溪口蒋氏一族在编修宗谱时，将蒋介石与毛福梅的关系记为"（蒋介石）配毛氏，民国十年出，为慈庵王太夫人义女"。寥寥数语，发妻转身成为"义姐"；一词之换，省却两人许多尴尬。

离婚之后，福梅居士到雪窦寺听经拜佛的次数增多了。她以佛医心，满腹心事说与菩萨。雪窦寺在山上，来来回回不方便。1931年，毛福梅出资距离丰镐房不远的养松园建起摩诃殿，供奉溪口蒋氏远祖蒋宗霸。蒋宗霸一生信佛，是布袋和尚的近侍弟子，因他常念"摩诃般若波罗蜜多"，人称"摩诃太公"。摩诃殿建成后，毛福梅经常到此拜摩诃太公，学弥勒菩萨，诵经念佛。当宋美龄陪蒋介石回溪口时，毛福梅以大度包容的心态，热情相待，三人和平共处，相安得宜。

1937年3月，蒋经国带着妻儿回到祖国。毛福梅见到阔别十三年的儿子后，坚持按浙东风俗补办婚礼。她与蒋介石一同坐在披红的太师椅上，接受儿子、媳妇三拜九叩。

1939年12月12日，侵华日军飞机轰炸溪口，毛福梅在丰镐房不幸遇难。蒋经国自江西赣州奔丧回家，洒泪将母亲安葬在摩诃殿东侧的小花园内。

毛福梅是雪窦寺的护法居士。昔日从溪口入山亭至雪窦寺的朝山步道，便是她于1914年出资请人修建的。

当年，四岁的蒋经国生病，一度生命垂危，毛福梅与蒋母在观音菩萨前烧香许愿，求佛保佑。蒋经国平安痊愈，婆媳二人马上修路还愿。蒋母翻修了溪口的休休亭，毛福梅捐建了去往雪窦寺的进香山路。

1994年11月，蒋纬国回忆溪口时说："雪窦寺风景优美，是我小时候常去的地方。我的祖母、母亲常去雪窦寺拜佛。我记得有一年，父亲带了我和哥哥到那里，听太虚法师讲经，每天两小时，一连一个月时间，至今难忘。"

在丰镐房参观时，裘国松指着导游图问："你知道为什么丰镐房不是四四方方，而是缺了东南一角吗？"我摇摇头。他接着说："1935年，蒋介石重建丰镐房，想把东南一角买过来。尽管他出价很高，但邻居周家坚决不卖，蒋介石只好作罢。有人笑谈，幸亏他当年没有强拆，也没有指使人暴打户主、更没有把人家当'钉子户'处理，留下东南一角，还有台湾可去，否则何处容身呢？"

晚上回到塔院，梳理当天下午游览时所作的笔记，我发现，裘国松的导游路线，其实是以福梅居士为主角的。岩头（她的出生地）、丰镐房（她婚后生活之地）、摩诃殿（她的埋骨之地），三个点连起来，即是毛福梅以佛医心的一生。

捌

兜率内院

01 到兜率内院去

晚餐后，宏慧师、古雨师和我们一起出塔院侧门，沿着盘旋的山路往妙高台行走。寄身寺里的一条狗也跟着出来，它乐颠颠地跑在最前面。

回来的时候，天已经黑下来。山路两侧，一盏一盏路灯次第亮起。无论白昼多么漫长，夜晚总是会到来的。天黑并不可怕，因为你可以点亮灯盏。

无论生活多么甜蜜，死亡总是会到来的。弥勒菩萨是燃灯者。他知道，当黑暗蓦地到来时，人会心慌意乱，会容易出错，为照亮众生茫然无助的眼睛，他早已备好灯盏。所以，在一期生命结束时，你可以选择到兜率内院去。

弥勒菩萨的诸多论典，其实是他为人间准备的出离烦恼、究竟解脱、开启智慧的系列教材。这些教材的内容，不是空洞的、理论化的知识，而是系统的、可操作的方法。只要愿意接受，你可以通过学习，慢慢学会管理自己的心。

释迦佛说："得到人身、值遇佛法、对佛法生信、发菩提心，这四种珍贵的因缘，在千百万劫中都难以遇到。"如果能具足这四种因缘，

太虚大师强调，为祈愿弥勒菩萨早点来到人间，大师提倡"人生佛教"，重兴弥勒信仰之风，戮力建设人间净土，为弥勒下生创造条件。图为云冈石窟中的弥勒菩萨速写。

请好好珍惜，适时接受诸佛菩萨的教导。

人的一生，就像爬一座八十层高的楼梯。有两兄弟，他们半夜三更回来，发现电梯停运了。哥哥歉意地说："早晨我看到了停电通知，但忘了告诉你。"弟弟说："没关系，咱们走楼梯吧。"

走到第二十层，兄弟俩都累了。哥哥说："背包太重了，把它放在这里，明天我们再下来拿吧。"放下背包，轻装上阵，兄弟二人继续往上走。

走到第四十层，弟弟抱怨说："你如果早些告诉我，咱们提前回来，就不会这样累了。"哥哥说："对不起，白天一忙，我把这事忘了。现在再说这个，又有什么用呢？"

在争吵、指责中，兄弟二人走到第六十层。现在，他们连争吵的力气也没有了。

终于走到第八十层，站在门前，精疲力竭的兄弟俩松了一口气。准备开门时，他们猛地想起，钥匙放在背包里，而背包在第二十层的楼梯间。他们只好在门口迷迷糊糊地睡了……

如果把每层楼视为人生中的一年，这个故事就寓意深刻了。二十岁时，人生方向已基本定位了；四十岁时，面对社会、工作、家庭中的种种压力，一肚子的抱怨、牢骚；六十岁时，内心虽有诸多不满，但已经没有力气去争论了；八十岁时，生命接近尾声，回顾整个人生，感觉一无所得。最最遗憾的是，打开"来生之门"的钥匙，却在二十岁时就丢掉了。

人这辈子，无论做什么事都在准备、准备、准备，唯独对下辈子没有任何准备。如果二十岁时就开始接受佛菩萨的教育，到八十岁时，是迷迷糊糊地在门口睡下去，还是快乐地打开家门？

晚清以来，西方文化的强烈冲击，使得国民对传统文化渐失信心。民国时期，感慨于汉传佛教的衰落，太虚大师提倡人生佛教、力推教制改革，期冀通过弘扬弥勒菩萨的慈心悲愿，拯救人心，重兴佛教。

太虚大师认为，弥勒净土有两个：一是天上的兜率净土，一是人间净土。在人间净土到来之前，众生到兜率内院去，其目的是为了"见佛闻法证悟，令菩提心和菩萨行只有增长，永无退失，且于将来贤劫之中，常随千佛下生，说法教化"。

在《大宝积经》"弥勒菩萨所问会"中，释迦佛说："弥勒菩萨往昔行菩萨道时作是愿言：若有众生，薄淫怒痴，成就十善，我于尔时，乃成阿耨多罗三藐三菩提。阿难，于当来世有诸众生，薄淫怒痴，成就十善，弥勒当尔之时，成阿耨多罗三藐三菩提。"

依据这段经文，太虚大师强调，为祈愿弥勒菩萨早点来到人间，大师提倡"人生佛教"，重兴弥勒信仰之风，戮力建设人间净土，为弥勒下生创造条件。

太虚大师系统深入地研究弥勒经典，归纳出弥勒兜率净土有三点殊胜处：

一、十方净土有愿皆得往生，但何方净土与此界众生最为有缘，则未易知。弥勒菩萨一生补处，以当来于此土作佛，教化此土众生，特现兜率净土与此界众生结缘，故应发愿往生兜率亲近弥勒也。

二、兜率净土同在娑婆，同在欲界，即与此处此界众生有殊胜缘，最易得度。他方净土泛摄十方众生，而此专摄此土欲界众生也。

三、弥勒净土是由人上生，故其上生是由人修习福德成办，即是使人类德业增胜，社会进化，成为清净安乐人世；因此可早感弥勒下生成佛，亦即为创造人间净土也。

弥勒信仰虽有"上生兜率""下生人间"之分，其建设人间净土的目标却是一致的。太虚大师指出，兜率内院是人最理想的往生去处；如能到兜率内院去，不仅可以亲近弥勒菩萨，以后还可以跟随弥勒菩萨下生人间，转现世之秽土为弥勒之净土。因此，太虚大师也发愿往生兜率内院。

在《弥勒上生经》中，释迦佛指出，发愿到兜率内院去的众生，只要"勤修十善"——不杀生、不偷盗、不邪淫（出家人不淫）、不恶口、不两舌、不妄语、不绮语、不贪、不嗔、不痴，或者"行六事法"——威仪不缺、扫塔涂地、以众名香妙花供养、行众三昧、深入正受、读诵经典，甚至"念佛形象、恭敬礼拜""称弥勒名、生欢喜心"者，命终之时，在弹指间，即得往生兜率陀天，"（此人）值遇弥勒，头面礼敬，未举头顷，便得闻法，即于无上道得不退转。于未来世，得值恒河沙等诸佛如来。"

因此，在法会即将结束时，与会大众纷纷发愿："我等天人八部，今于佛前发诚实誓愿——于未来世值遇弥勒，舍此身已，皆得上生兜率陀天。"释迦佛为大众授记说："你们以及将来其他修福持戒的众生，都会往生到弥勒菩萨那里，接受教化。"

释迦佛郑重地嘱咐阿难尊者："汝持佛语，慎勿忘失！为未来世开生天路，示菩提相，莫断佛种！"

由此可知，到兜率内院去，是超凡入圣最为简便的门径。《阿弥陀经》讲，求生西方净土，在临命终时要一心不乱，才得往生。相比而言，到兜率内院去，是往生的易行道。因此，太虚大师在为《慈宗三要》作序时说："故斯经（《弥勒上生经》）实为一生成就佛果之秘要，曾发菩提心者，不可不奉持以心向焉！"

星云大师在台湾启建佛光山，便是对太虚大师"人生佛教"思想的继承与发展。星云大师说，发愿到兜率内院去比较容易，因为弥勒净土有五大方便，"一是不需要断烦恼；二是不一定要出家；三是没有要求'一心不乱'；四是兜率内院距离我们生活的世界最近；五是可望可及，只要发愿去，必定能成功"。

02　道安："我姓释迦"

当代禅门宗匠净慧长老曾指出，"在佛教中国化的进程中，有三个里程碑式的人物，他们是道安法师、六祖慧能和太虚大师。"

在《生活禅钥》中，净慧长老曾简明地勾勒出佛教中国化的历程。

任何一个宗教或者文化，从一个地区传到另外一个地区，必须要经历一个本土化的过程。佛教从印度传到中国，也不是一切照搬到中国来。中国佛教史上有很多的高僧大德，审时度势，很巧妙地对佛教进行本土化改革，使得佛教得以在中国文化的土壤上生根、开花、结果。如今，举世公认，中国是佛教的第二故乡。相反在印度，佛教在一千年前就式微了。

佛教传入中国最初的三四百年，是最艰难的。由于存在思想上的差异，佛教刚刚传到中国时，还不能被完全认同。用学者的话说，佛教作为一个异质文化来到中国，要为中国的老百姓乃至士大夫所接受，必须经历艰难的本土化的过程。用现在的话说，佛教是印度的，要在中国生存下去，必须要有中国特色才行。

佛教中国化，首先是理论上的调整。比如说，出家之后，不再祭拜祖先，也不局限于今生今世的父母，而是奉行"一切男子是我父，一

道安法师天资聪颖，但面貌丑陋，尤其是皮肤黑，时人称他"漆道人"。佛图澄对道安法师非常赏识，他对弟子说："此人有远识，非你们所能及。"

切女人是我母"的泛孝的观念，使得具体的孝道反而淡漠了。为适应中国的本土文化，历代高僧在翻译佛经乃至弘扬佛教教义时，做了很多改变。如《梵网经》就强调"孝名为戒"。这种观念，在中国本土文化中，至少不犯上作难，易于让人接受。

其次是生活方式的调整。佛教初传到中国来，开始僧人也是化缘吃饭，但是没有人给；开始也是打赤脚，但中国北方冬天太冷；开始也是树下宿，天寒地冻，树下宿会冻死。像这些，都要调整，僧人们随之兴建寺院，种田自养。因为不调整，就无法生存。

净慧长老认为，在中国佛教史上，道安法师是一位承前启后的人。当时，佛教传入中国已有四百年的历史。道安法师对中国传统文化造诣高深，对佛教了解比较全面、研究比较深入。在佛教如何适应本土文化方面，他和他的弟子们作出了很大的贡献。

道安法师总结了在他之前佛教在中国传播的经验，对佛教的教理、教制进行了调整，使佛教能够适应中国的风土人情。他创立了最初的汉传佛教僧伽制度、讲经制度、共住制度，开创了从他之后佛教在中国继续发扬光大的局面。这些从理论到实践的具体改革，使佛教融入中国本土文化，更好地生存、发展起来。

道安法师（312—385），东晋时期杰出的佛教学者，俗姓卫，常山扶柳县（今河北省冀州市境内）人。

道安法师出生在读书人的家庭里。很小的时候，父母双亡，表兄孔氏将他抚养长大。七岁时，他开始读书，到十五岁时，他已通达儒家的经典，十八岁时，他出家学习佛法。

二十四岁时，道安法师来到邺都（今河北省临漳县境），遇到了被后赵皇帝石勒奉为国师的高僧佛图澄。两人一见如故，畅谈终日。据说道安法师天资聪颖，但面貌丑陋，尤其是皮肤黑，时人称他"漆道人"。佛图澄对道安法师非常赏识，他对弟子说："此人有远识，非你们所能及。"

后赵灭亡后，北方陷入战乱。为避战祸，道安法师率徒四百余人取道南下，来到东晋辖地湖北襄阳。

当时，荆州刺史桓豁、襄阳镇守朱序、宣威将军郗超等，与道安法师多有往来，给予大力支持。与道安交谊最深的，是东晋名士习凿齿。

据说，法师初抵襄阳，习凿齿便前来拜访。两人见面，一人说："四海习凿齿。"一人答："弥天释道安。"机锋相对，禅意盎然，时人称许。

后来，习凿齿还向东晋名臣谢安举荐道安法师，力赞他与众不同，知识渊博、道风严谨，全凭高超的智慧远见与道德学问律己教人，而不以神通惑众。

身居襄阳期间，道安法师注疏了"般若"诸经，他开创性地将经文分为"序分""正宗分""流通分"三个部分，使佛经要旨一目了然，方便后人习学经义。道安法师弘扬大乘般若学，对早期佛教传播发展作出重大贡献。习凿齿将道安法师的弘法活动誉为"玄波溢漾""玄味远猷"。

佛教传入中国之后，四百年间，有佛典大量译出，但由于译者水准不一，辗转传抄中，出现了经文义理冲突甚至相悖的情况。有鉴于此，道安法师广泛搜求东汉至东晋二百多年间的佛经译本，对译者和翻译年代严密考订，编纂出《综理众经目录》（又称《道安录》）。此举首开中国佛教史上佛经目录学的先河，为整饬佛典，保存佛教文化，作出了开拓性的贡献。

道安法师南下襄阳后，随着佛法传播范围不断扩大，各地僧团也日益增多。道安法师参照当时的律学，制定僧伽戒规，规范僧尼行为。道安法师在僧团建设方面的实践，一直影响到今天。

当时，汉传佛教的僧人皆从师姓，师来自天竺徒则姓"竺"，师来自月支徒则姓"支"。各地僧人姓氏不一，造成门派之间的诸多分歧。道安法师认为"大师之本，莫尊释迦"，他建议僧侣统一以"释迦"为姓。后来，《增一阿含经》传入中国，经中明确记载："四河入海，无复河名；四姓为沙门，皆称释种。"

道安法师的主张，与佛经不谋而合。后世的僧人以"释迦"为姓，代代相沿，成为中国汉传佛教的一大特色。

站在佛教中国化的历史角度看，道安法师是里程碑式的人物；站在弥勒信仰的历史角度看，道安法师也是里程碑式的人物，他是汉传佛教历史上提倡往生兜率净土的第一人。慧皎《高僧传》记载，"安每与弟子法遇等，于弥勒佛前立誓愿，同生兜率。"

前秦王苻坚景仰道安法师，于东晋孝武帝太元三年（378），派军南下。次年，前秦军队攻克襄阳，道安法师被迎请到长安，驻锡五重寺。

公元385年，一位形貌丑陋的印度僧人来到寺里。

当晚，寺僧于大殿中值夜时，见到这位印度僧人能从窗缝中自由出入。寺僧深感惊讶，便禀告道安法师。

道安法师披衣而起，向这位印度僧人问讯致礼，询问来意。

印度僧人说："我是为你而来的！"

"道安自揣罪障颇深，如何度脱？"

印度僧人说："不！您善根深厚，即可度脱。但需沐浴殿中圣像，因缘方可成熟。"

道安法师又问："我来世将往何处？"

印度僧人说："请随我来。"他引领道安法师等人来到院中，手朝天空中的西北方向一指。所指之处，云开天霁，顿现兜率内院妙境。在场的数十位僧人都欢喜雀跃。

随后，道安法师置办浴具，恭敬沐浴殿中的佛像。

二月初八日，道安法师对僧众说："吾当去矣。"

午斋后，他无疾而终。

03　玄奘的"欢乐颂"

到印度取经归来的大唐玄奘法师，与弥勒菩萨也有着甚深的因缘，"到兜率内院去"，也是他一生的向往。

据《大唐故玄奘法师行状》载："法师从少以来，常愿生弥勒佛所，及游西方，又闻无著菩萨兄弟亦愿生兜率，奉事弥勒，并得如愿，俱有证验，益增克励。自至玉华，每因翻译，及礼拜之际，恒发愿上生兜率天，见弥勒佛。"

玄奘法师临终前和弟子辞别时说："玄奘此毒身深可厌患，所作事毕，无宜久住，愿以所修福慧回施有情，共诸有情同生兜率，于弥勒内院中奉事慈尊，佛下生时亦愿随下广作佛事，乃至无上菩提。"他叮嘱弟子齐声助念弥勒如来。

有弟子问："和尚决定得生弥勒内院否？"

玄奘法师答："决定得生。"

言讫，舍命。

玄奘早年是否有无弥勒信仰，相关传记中，没有明确的记载。《慈恩传》中有关玄奘与弥勒信仰的文字，最先出现于他去印度求法的途中。

在玄奘法师临终前，有弟子问："和尚决定得
生弥勒内院否？"玄奘法师答："决定得生。"

玄奘潜出长安，到达瓜州，准备出关。他虽然在市场上买到一匹马，但找不到向导。在暂住的寺院大殿里，玄奘向弥勒菩萨祈请："愿得一人，相引渡关。"这时，来了一个当地人。他围着玄奘绕了两三圈，请玄奘为他授五戒。玄奘问他姓名，他说叫"石槃陀"。玄奘见石槃陀身手敏捷，和他说了自己的难处。石槃陀当即表示："我送法师过五峰。"

玄奘到达印度，一路瞻仰佛教圣迹。在阿瑜陀国往阿耶穆佉国的途中，他被一群强盗俘虏。由于玄奘长相端严，强盗们想把他杀掉给神献祭。

《慈恩传》记录了当时的危险，"（强盗首领）令两人拔刀，牵法师上坛，欲即挥刃。"

玄奘面无惧色，他对强盗首领说："请给我一点儿时间，让我念经安顿身心，欢喜地去死。"强盗同意了。

玄奘正身而坐，闭上眼睛，观想兜率内院，默念弥勒菩萨，发愿往生兜率内院，亲近慈氏菩萨，听授《瑜伽师地论》，成就智慧；他也发愿，再来人间时，先来度化这些强盗，让他们修善行，舍恶业，做利益众生的事。

玄奘"注心慈氏（弥勒菩萨），无复异缘……见睹史多宫（兜率内院的另一译名）慈氏菩萨处妙宝台，天众围绕"，他身心欢喜，不知身在祭坛，也忘记了身边有强盗。

过了一会儿，天地间狂风大作，飞沙走石，树木摧折，河水涌起巨浪，强盗们的船都被吹翻了。强盗们赶忙问其他的被俘者："这个和尚从哪里来的？他来干什么？"

有人告诉他们："听说他来自东土大唐，是来学习佛法的。你们要是杀了他，罪业就太大了。刚才的风波，明显是天神生气了，你们赶紧放了他，忏悔吧。"

强盗们跪在玄奘身边，不停地磕头。

玄奘睁开眼睛，说："时间到了？"

强盗说："我们不敢伤害法师！请您接受我们的忏悔。"

玄奘对强盗们说："杀、盗皆为不善，做这样的事，未来会有无量的苦报。为了满足贪欲，在这短暂如朝露的生命中，造下无边无际的罪业，实在不值得啊！"

强盗们说："我们发愿，从今日起，不再做强盗，请法师为我们作证明。"说完，他们将打劫用的刀枪投入河中，又将刚才抢夺来的财物还给物主。

玄奘到达佛教的诞生地摩揭陀国后，瞻礼了释迦佛成道处菩提迦耶的菩提树、传说中弥勒菩萨所造的释迦佛成道像，"法师至礼菩提树及慈氏菩萨所作成道时像，至诚瞻仰讫，五体投地，悲泪盈眶"。

之后，玄奘来到了梦寐以求的那烂陀寺，依止于戒贤法师座下，开始学习《瑜伽师地论》。

首次见面，戒贤法师对玄奘说："二十多年前，我患了一种怪病。发病时，手脚都不听使唤，还伴有火烧刀割般的痛苦。三年前，这个病更加重了。因此，我非常厌恶自己的身体，想绝食以了此生。一天夜里，我在梦中见到三位高大的天人。一位金色身，一位琉璃色身，一位银色身。金色身的天人对我说，释迦佛说，一切宝中，人命第一。每个人在生命中都会面对痛苦，但不能因为痛苦而舍弃生命。你要好好发心弘扬《瑜伽师地论》，忏悔你的业障，这样就能消除掉你的病苦。说完，他指着琉璃色身的天人说，这位是观音菩萨，又指着银色身的天人说，这位是弥勒菩萨。我是文殊师利。过一段时间，有个东土大唐来的僧人要跟你学习佛法，你好好地教导他吧。说来也巧，法师你从东土大唐来

236

到那烂陀寺之后，我的病也好了。"

玄奘听后，悲喜不能自胜，他一边顶礼戒贤法师，一边祈请说："长老，请您慈悲地传授我《瑜伽师地论》吧。"

师从戒贤法师学习数年后，玄奘又遍游了印度半岛上的诸国。在一座精舍里，他见到一尊檀木雕刻的观音菩萨像。在散花供养观音菩萨时，玄奘发了三个愿："一愿我归国途中一路平安，如能满愿，我所供之花落在您手上。二愿以我所修福慧往生兜率内院，亲侍弥勒菩萨，如能满愿，我所供之花挂在您双臂上。三愿我所供之花挂在您的颈项上，以证明众生都有佛性，皆可修行成佛。"

说完，玄奘对着观音菩萨像散花供养。神奇的是，花朵分别落在了观音像的手上、臂上、颈上，与他祈请的一样。

从这些故事，可以看出，玄奘法师与弥勒菩萨有甚深因缘。所以，在临终之时，他发愿要到兜率内院去。

唐代出现的《法苑珠林》，是一部具有佛教百科全书性质的佛门文献。其中，收录了玄奘法师翻译的《赞弥勒四礼文》。这篇礼赞弥勒菩萨、教人发愿往生兜率内院的文字，也可以视为玄奘法师的"欢乐颂"。

《欢乐颂》，本是德国诗人席勒赞美欢乐女神的一首诗。在贝多芬为之谱曲后，《欢乐颂》传唱世界各地，并被公认为贝多芬一生音乐创作的最高峰。这首气势恢宏的变奏曲，充满了宗教的庄严和神圣。

贝多芬的《欢乐颂》众所周知，玄奘法师的"欢乐颂"知道的人未必多。我们一起欣赏一下：

至心归命当来弥勒佛。诸佛同证无为体，真如理实本无缘，为诱诸天现兜率，其犹幻士出众形。元无人马迷将有，达者知幻未曾然，佛身本净皆如是，愚夫不了谓同凡。知佛无来见真佛，于兹必得永长欢，故我顶礼弥勒佛，唯愿慈尊度有情。愿共诸众生上生兜率天奉见弥勒佛。

至心归命礼当来弥勒佛。佛有难思自在力，能以多刹内尘中，况今现处兜率殿，师子床上结跏坐。身如檀金更无比，相好宝色曜光晖，神通菩萨皆无量，助佛扬化救含灵。众生但能至心礼，无始罪业定不生，故我顶礼弥勒佛，唯愿慈尊度有情。愿共诸众生上生兜率天奉见弥勒佛。

至心归命当来弥勒佛。慈尊宝冠多化佛，其量超过数百千，此土他方菩萨会，广现神变宝窗中。佛身白毫光八万，常说不退法轮因，众生但能修福业，屈伸臂倾值慈尊。河沙诸佛由斯现，况我本师释迦文，故我顶礼弥勒佛，唯愿慈尊度有情。愿共诸众生上生兜率天奉见弥勒佛。

至心归命礼当来弥勒佛。诸佛常居清净刹，受用报体量无穷，凡夫肉眼未曾识，为现千尺一金躯。众生视之无厌足，令知业果现阎浮，但能听经勤诵法，逍遥定往兜率宫。三途于兹必永绝，将来同证一法身，故我顶礼弥勒佛，唯愿慈尊度有情。愿共诸众生上生兜率天奉见弥勒佛。

04　山寺桃花思居易

江南多雨。刮一阵风，来一片云，就会下一场雨。

我逗小雅说："江南的天气，和你一样，泪腺比较发达。"

小雅喜欢看言情小说，每到感动处，便涕泪涟涟。

肖业说："你这样说，会把小雅说恼了。"

小雅说："我才不恼呢。喜欢流泪，不正说明我是个'无缘大慈，同体大悲'的人吗。"

在《大丈夫论》中，提婆菩萨说："计菩萨堕泪以来，多四大海水。"菩萨在三种时候堕泪，"一者见修功德人，以爱敬故，为之堕泪；二者见苦恼众生无功德者，以悲悯故，为之堕泪；三者修大施时，悲喜踊跃，亦复堕泪。"

菩萨的泪从哪里来呢？

从悲心来。

"菩萨悲心犹如雪聚，雪聚见日则皆融消，菩萨悲心见苦众生，悲心雪聚故眼中流泪。"

宏慧法师忙完"弥勒文化暨太虚大师思想学术研讨会"，终于歇了下来。雨天无事，他敲响了我寮房的门。

唐会昌年间，白居易退居洛阳香山，舍家宅
为"香山寺"。他与香山如满禅师共结"香火
社"，并开始自号"香山居士"。

"别闷在屋子里啦,走,我们开车到山上转转。雨中游雪窦山,可以领略另一种美。"

车绕着盘旋的山路,向山深处行,路过了"二十里云"(山村名),又路过了"三十六弯"(山村名),在山间绕来绕去,后来,在一个山村的街道上停下来。

宏慧师带我们走向村外山间,"这里有个寺院,山里人叫上雪窦。一般人找不到,我们走走,或许对你写雪窦山有帮助。"

雨细如丝,不必打伞。经过一片桃林,虽然已到深秋时,桃树的枝叶依然葳蕤。"奉化的水蜜桃是有名的,如果五六月份来,你们就能品尝到了。"宏慧师说着,脚步并没有慢下来。

上雪窦不大,只有一座大殿,数间平房。大殿前有一口古井,据说是宋代开凿的。宏慧师说:"如果晴天,我们可以沿着山路往下走走。溪流两边的山岩上,有不少摩崖石刻。今天下了雨,路又湿又滑,就不去了吧。"

往回走,又途经桃林。在上雪窦寺外虽然没有见到桃花,但这片桃林,让我想到了白居易和他的《大林寺桃花》:"人间四月芳菲尽,山寺桃花始盛开。常恨春归无觅处,不知转入此中来。"

古人作诗,短短四句,平白如话,却意境深邃。只是春色在"此中"也无法久驻,奈何奈何!

白居易,字乐天,号香山居士,唐代著名诗人。唐宪宗元和年间,他官至左拾遗,职掌对皇帝进行规谏,并举荐人才。为政期间,他对军国大事,敢于直言诤谏,宪宗虽曾恼怒地骂他"无礼",但对他的建议多有纳受。后为人所嫉,白居易被贬到江州(今江西九江)任司马(州守的佐官)。长诗《琵琶行》,就是他在江州任上写的。后来,他迁任苏、杭二州，作刺史，颇有政绩。西湖上的"白堤"，就是他主政杭州时堆成的。

在江浙一带为官时，白居易有没有到过雪窦山，未见于文字记载。白居易作为弥勒菩萨的忠实信徒，在他的诗文中却时有体现。

白居易早年便"栖心释梵"，与佛门高僧时有往来。杭州有位著名的鸟窠禅师，他经常在松树上坐禅。

白居易来拜访禅师，问："禅师坐在树上，不危险吗？"

"我在树上并不危险，倒是你处境危险。"白居易不解，禅师又说："薪火相交，纵性不停，怎不危险？"

白居易若有所悟。

他又问："如何是佛法大意？"

禅师说："诸恶莫作，众善奉行。"

白居易觉得这个回答太浅显了，说："这是三岁孩儿都懂得的。"

禅师说："三岁小孩虽道得，八十老翁行不得。"

白居易深以为是，作诗一首献给禅师："特入空门问苦空，敢将禅事问禅翁。为当梦是浮生事，为复浮生是梦中。"

禅师看后一笑，以偈作答："来时无迹去无踪，去与来时事一同。何须更问浮生事，只此浮生是梦中。"

白居易大为折服。

唐会昌年间，白居易退居洛阳香山，舍家宅为"香山寺"。他与香山如满禅师共结"香火社"，并开始自号"香山居士"。

闲居香山的他，身心自在，有诗为证："空门寂静老夫闲，伴鸟随云往复还。家酝满瓶书满架，半移生计入香山。"（《香山寺》）

白居易归心佛门后，谢绝外缘，一心参禅。他对禅有深刻的体悟，也有诗为证："须知诸相皆非相，若住无余却有余。言下忘言一时了，

梦中说梦两重虚。空花岂得兼求果，阳焰如何更觅鱼。摄动是禅禅是动，不禅不动即如如。"(《读禅经》)

唐太和八年夏，公元 834 年，六十三岁的白居易在洛阳长寿寺参加"上升集会"，与僧人道嵩、存一、惠恭等六十人，居士仇士良、段惟俭等八十人，修八关斋戒，行十善业法，他还舍净财请人画了一幅《兜率陀天弥勒上生内外众图》，焚香作礼，发大誓愿："愿生内宫，劫劫生生，亲近供养。"他还在图上写了一段赞语："百四十心，合为一诚；百四十口，发同一声；仰慈氏形，称慈氏名，愿我来生，一时上生。"

唐开成五年三月，公元 840 年，白居易请人画了一幅《弥勒上生兜率陀天图》，并作《画弥勒上生帧记》，表达自己发愿往生兜率内院的决心。全文如下：

> 南瞻部洲大唐国东都香山居士，太原人白乐天，年老病风，因身有苦，遍念一切恶趣众生，愿同我身，离苦得乐。由是命绘事，按经文，仰兜率天宫，想弥勒内众，此丹素金碧形容之，以香火花果供养之，一礼一赞，所生功德，若我老病苦者，皆得如本愿焉。本愿云何？先是乐天归三宝，持十斋，受八戒者有年矣，常日日焚香佛前，稽首发愿：愿来世与一切众生，同弥勒上生，随慈氏下降，生生劫劫，与慈氏俱，永离生死苦，终成无上道。今因老病，重此证明，所以表不忘初心，而必果本愿也。慈氏在上，实闻斯言。言讫作礼，自为此记。

白居易以儒立身，在学佛之前，也曾修道。在宋代成书的《佛祖统记》中，有这样一个故事：会昌初，有客舟遭大风漂至大山，一道士曰："此蓬莱山。"一院扃钥甚固，曰："此白乐天所居，在中国未来耳。"乐天闻之为诗曰："吾学空门非学仙，恐君此说是虚传。海山不是吾归处，归即应归兜率天。"

从这个故事，可见白居易由道向佛后，信心坚定。在深信弥勒净土的在家信徒中，白居易堪称楷模！

05　徐凫岩下忆虚公

宏慧师说："千丈岩的瀑布你们看过了。徐凫岩的瀑布，有没有看过？如果没有，现在雨小了，我们过去看。"

雪窦寺之西，山势层层递升，群峰之间，徐凫岩以高瀑直泻、绝壁齐云著称。相传，古有仙人于岩下骑凫徐徐升天。徐凫岩瀑布落差达二百四十二米，有"华东第一瀑"之称。夏日，瀑流腾空，震撼山谷；冬日，瀑布上段飞流直下，中段寒水飘散，下段冰凌倒挂，有"徐凫溅雪"之美。

徐凫岩还是"浙东唐诗之路"的东支线，唐代诗人刘长卿、皮日休、陆龟蒙等都曾到此流连吟咏，留下佳作。

车在山路上盘旋环绕。一路上，远观山色，近闻水声，远望浮云，近瞻修竹。车像一叶小舟行驶在波峰浪谷间，又像一只小昆虫，头扭来扭去地向前爬行。山居期间读了几首古诗，此时，望着眼前的山水，令我对古人更是服膺，"人心曲曲弯弯水，世事重重叠叠山"（志公禅师），山水与世情，真是"性相不二"啊！

兜率内院是天上的弥勒净土，雪窦山岂非人间的弥勒净土？我祈请弥勒菩萨加持，让我把眼前的美景变成文字，像宋代邓文原诗中所

眼前的云，也分出了"浓淡干湿枯"。厚重的
云脸色阴郁，飘游的云浅淡灰白；有的云如
曼妙的轻纱挂在树林间，有的云像奔涌的流
水从山高处向山谷奔来，有的云孤立缩成一
团，有的云铺排连成一片。

说:"山雨溪云散墨痕,松风清坐息尘根。笔端悟得真三昧,便是如来不二门。"

如何写出佳作?著名哲学家冯友兰说:"必有玄心,必有洞见,必有妙赏,必有深情。"

车到徐凫岩,我们有些失望。山中落雨,山路湿滑,为确保游客平安,景区暂不开放。

宏慧师说:"看不了瀑布也没关系啊。我们可以在这里看看山、看看云。"

前人说"云养青山"。什么是"云养青山"?眼前的山,山间的云,就是答案。眼前哪里是山水?分明一幅大泼墨的山水画。

中国画讲"墨分五色"。眼前的云,也分出了"浓淡干湿枯"。厚重的云脸色阴郁,飘游的云浅淡灰白;有的云如曼妙的轻纱挂在树林间,有的云像奔涌的流水从山高处向山谷奔来,有的云孤立缩成一团,有的云铺排连成一片。在云的变幻中,山色更加鲜亮,铁青色的岩石像皱眉沉思的思想者;在飘忽的云朵中,山间的绿树像顽皮的小孩子和青山在捉迷藏。还有一两片胆子大的云,甚至飘到了我们身边。它随着轻风飘来,像一位风度潇洒的朋友,不卑不亢地与我们擦肩而过。

眼前的云,让我想到近代禅门泰斗虚云老和尚。他三十六岁时,从天台山去普陀山过冬,途经雪窦山,观山中瀑布,留下两首诗作。

其一:"不是玉龙出翠峦,雪光岂得溅晶盘?弥空云气晴犹湿,峡岸雷声敛尚难。"从雪光溅晶盘看,应是"徐凫溅雪"之景。

其二:"素练重重穿树碧,明珠滚滚落江寒。我来倚杖崖头立,好与游人隔槛看。"从倚杖崖头看,应是观千丈岩瀑布。

在近代佛教史上,虚云禅师、太虚大师、印光长老、弘一法师,被誉为"民国四大高僧"。印光长老一生弘扬弥陀净土法门;弘一法师弘扬律宗,晚年也归心弥陀净土;太虚大师一生着力改革汉传佛教,以适应新时代,他是归心弥勒净土的;虚云禅师一生弘扬禅宗,也归心弥勒净土。

在无尽的法界中,虚云禅师就是一片洒脱无羁的白云。

弱冠之年,他弃家出走,在福州鼓山出家为僧,法号德清。为禅坐静心,他跑到人迹罕至的山洞里,渴饮溪涧,食则松果。隐修三年后,他起身动中参禅,云游四方。在天台山,他参学经教;为报父母恩,他从普陀山起香,三步一拜,嘶风踏雪,朝礼五台山。之后,又遍游川藏,前往印度瞻礼佛陀圣迹。悲深行苦的他,履迹峨眉山、鸡足山、庐山、九华山……群山无语,却记得他的身影。

五十四岁,他栖身扬州高旻寺,精进禅七。坐禅之余饮茶,开水溅到手上,茶盏落地破碎,顿时如梦初醒。他说:"杯子扑落地,响声明沥沥。虚空粉碎也,狂心当下息。"他折身栖居终南,独居茅棚,大雪封山,身心清净。一日,孤灯摇曳,他进入禅定,一坐半月。出定之后,虚空中飘逸的白云入眼,他从此自号"虚云"。

他一生兴复了诸多的佛门道场,著名的有云南鸡足山钵盂庵、昆明云栖寺、福建福州涌泉寺、广东韶关南华寺、乳源云门寺,江西云居山真如寺等。寺院兴复之后,他就背起一笠一铲,向他方行去。他一生的所作所为,只是两句话:"不为自己求安乐,但愿众生得离苦。"

1959年10月13日(农历九月十三日),这位住世一百二十岁的禅宗巨匠,入涅槃城,安详舍报。逝前,他留下遗嘱:"将吾骨灰,碾成细末,以油糖面粉,做成丸果,放之河中,以供水族结缘。满吾所愿,感谢不尽。"

虚云老和尚曾这样自况一生:"坐阅五帝四朝不觉沧桑几度,受尽九磨十难了知世事无常。"他，还有什么牵挂吗？

有！他悲心牵系的，是苦难中的众生。

国学大师南怀瑾说："虚老一生行化，犹如多面观音，非凡夫之所知。"佛学大家方立天说："不了解虚云和尚，就难以全面地了解中国近现代佛教的真相。"

虚云老和尚一生行愿，也是"到兜率内院去"。

1951年3月，新中国"镇压反革命运动"时，有人向政府诬告广东省乳源县云门寺内私藏金银、发报机、军械等。地方政府派人将寺院封锁，全寺僧人分别关押，进行搜查。

查无所获，来人迁怒于虚云老和尚，将他拘禁于方丈室，刑讯逼供。时年一百一十二岁的老和尚被打得头破血流、肋骨折断，昏倒在地。

侍者将老和尚扶到床上。老和尚端身禅坐，闭目不视、闭口不言，不食、不饮水，一坐数日。

在此期间，经多方斡旋，在上级领导的过问下，来人撤走，老和尚重新恢复了自由。此时，老和尚体力不支，倒在床上，左右手的脉搏也摸不到了。只是脸色如常，体温尚在。

又过了两天，一日清晨，侍者听到老和尚微微呻吟，赶紧走到床边。老和尚睁开了眼睛。侍者说："您入定九天了。"老和尚说："我感觉不过几分钟啊。"说着，他让侍者快拿笔纸来。

老和尚说："方才在梦里，我去了兜率内院，那里庄严瑰丽，非世间所有。我见到了弥勒菩萨，他正在法座上说法，听者非常多。众多的听法者中，有十几位，是我过去认识的，其中有天台山的融镜法师。我对他们合掌致敬，他们示意我坐到东边头序的第三个空位上。阿难尊者当维那，离我座位不远。当时，弥勒菩萨正在讲'唯心识定'之法。讲着讲着，弥勒菩萨忽然看了我一眼，指着我说：你得回去。我说：弟子业障深重，不想回去了。弥勒菩萨说：你业缘未了，必须回去。以后再来……"

　　弥勒菩萨在《经观庄严论》中说："已证悟空性的菩萨在度化众生的时候，就像观赏花园一样，没有任何痛苦。"在痛苦的业缘到来时，虚云老和尚转痛苦为道用，发愿以自己现受的痛苦代替三界众生所有的痛苦。

玖

等待弥勒

01　弥勒会见记

　　夜晚，我们从塔院走向雪窦寺，细雨霏霏中，"弥勒文化节开幕晚会"就要开始了。

　　肖业问："佛经中说，佛有三身。我一直不太清楚，法身佛、报身佛、化身佛有什么区别呢？"

　　"你可以这样理解，打个比方说：法身佛是太阳，报身佛是阳光，化身佛是对太阳的再现，可以是倒映在水面上的太阳，可以是镜子里的太阳，也可以是绘画作品中的太阳。"

　　"弥勒菩萨也像观音一样能随缘化现吗？"

　　"当然啊。他可以化现为布袋和尚，可以化现傅大士，可以化现为延寿禅师，也可以化现为其他人。只是谁是他的化身，我们肉眼凡胎看不出来。"

　　拐过雪窦寺西南角时，电话响了。老糯在大门那里等我们。见面之后，老糯问："晚会结束后，我不想开车下山了。可不可以在你们房间住一下？"

　　"欢迎。"我说。

　　走入大门，向山门走的路上，我发现，路两旁的十善业灯，有两盏

新疆出土了我国最早的剧本、公元11世纪由
回鹘文写成的《弥勒会见记》。著名学者季羡
林先生推断,《弥勒会见记》两个剧本的出
现,表明在公元3—11世纪之间,弥勒信仰
在新疆大地,得到了广大信众的认可和接受。
图为新疆克孜尔石窟弥勒菩萨造像速写。

没有亮起来。仔细瞅了瞅，左边没有亮起的是"不邪淫"灯，右边没有亮起的是"不妄语"灯。

"老糯，你看，这两盏没亮的灯，是不是有点耐人寻味？"

老糯看了看灯，又看了看我，问："你什么意思？"

"俗话说，男左女右。左边代表男人，不邪淫灯没亮，是不是在说：现在的男人守这个戒守得不好？右边代表女人，不妄语灯没亮是不是在说：现在的女人守这个戒守得不好？"

老糯哈哈笑起来，说道："作家就是作家，能够见众人之未见。"

小雅问："你这是夸奖，还是讽刺？"

"怎么理解都行。"

我说："既然怎么理解都行，那我就谢谢你的夸奖。"

老糯笑得更厉害。

弥勒文化节开幕晚会露天现场，要求持票入场，对号入座。因为下着雨，观众们都穿着简易的雨衣，安静地坐在雨中。

肖业又想起了他的问题："弥勒菩萨能以人之外的形象出现吗？"

肖业的这个提问，有普遍性，很多学佛者都有同样的疑惑。在《入菩萨行论》中，寂天菩萨给出过答案。

我引述寂天菩萨的话，回答他："当众生生病时，佛菩萨可以化现出药物；在大江大河中，佛菩萨可以化现为船筏、航船与桥梁；在众生饥饿的时候，佛菩萨可以化现为瓜果饭食；在黑夜里，佛菩萨可以化现为灯盏。"

肖业深深地点了点头。

"在新疆地区，弥勒菩萨还曾化现为一本书呢。"

"啊！还有这事？"肖业好奇地瞪大眼睛，等我说出下文。

新疆地区，为佛教东传的重要中枢。近五十年来，在新疆地区出土了许多佛教历史文物，给人们带来了很多惊喜。

新疆出土了我国现存最早、有明确纪年的汉文纸本文献，即西晋元康六年（公元 296 年）完成的《诸佛要集经》写本。

新疆出土了我国最早的剧本，即公元 11 世纪由回鹘文写成的《弥勒会见记》。该写本于 1959 年在新疆哈密县天山公社被人发现。

1974 年冬天，回鹘文《弥勒会见记》的母本——吐火罗文写本（残叶），又在新疆吐鲁番地区被人发现。吐火罗文是公元 3—9 世纪在新疆库车、焉耆、吐鲁番等地使用的文字。著名学者季羡林先生推断，《弥勒会见记》两个剧本的出现，表明在公元 3—11 世纪期间，弥勒信仰在新疆大地，越来越得到广大信众的认可和接受。

那么，《弥勒会见记》又是一部什么样的戏剧呢？

聪颖的弥勒，自幼随跋多利婆罗门修行。一天，师徒二人做了一个相同的梦。在梦中，天神告诉他们：释迦佛在摩揭陀国的孤绝山讲法。跋多利因年迈多病无法前往，他让弥勒代表他去拜见释迦佛。弥勒与十六位同伴一路跋山涉水，来到孤绝山。在释迦佛座下，弥勒出家修行。后来，弥勒随释迦佛来到波罗奈国。佛的姨母献上一领金色袈裟。释迦佛让她转施其他僧众，僧众无人接受，弥勒冒失地穿在了身上。在一次法会上，释迦佛讲述未来佛弥勒的故事。弥勒当即发愿，要成为未来佛，救度众生脱离苦海。弥勒去世后，上升到兜率天；后来，在众生期待中，他又降生人间，在龙华树下修行证果，与众生会见。弥勒甚至还进入大小地狱，解救出了其中的受苦众生。

新疆地区与佛教渊源深厚。据史料记载，佛教传入新疆，始于西汉时期。公元前 80 年左右，佛教经由克什米尔，越过葱岭，传入新疆于阗地区。东汉时期，佛教沿"丝绸之路"分南北两路传播于新疆各地，渐次传播到中原地区。魏晋南北朝时期（公元 3—6 世纪），造像、建寺、立塔、凿窟、译经、浴佛、施食之风，在新疆大地上兴起。隋唐时期，佛教在新疆依然保持着繁荣、信徒众多、寺院广布和规模宏大的局面。宋代以降，随着伊斯兰文化的兴起，佛教开始在新疆衰落。

我问肖业："你说，《弥勒会见记》是不是弥勒菩萨在新疆的一次化现？"

他想了想，说："是。"

在影视大行其道之前，戏剧，是人们最喜闻乐见的娱乐方式。就像在影视作品大行其道的当代，文艺晚会，能以综合性的舞台艺术形式、强烈的现场感吸引观众一样。

或许是因为这一点，自 2008 年 11 月雪窦山弥勒大佛开光之后，每年的 9 月 19 日，弥勒文化节开幕晚会都会在雪窦山大佛景区的龙华广场拉开帷幕。经过连续多年的不懈努力，雪窦山、奉化溪口、"中国佛教第五大名山"等核心概念，进入了更多人的视野。

我问老糯："晚会开始的时候，雨会停吗？"

"你知道大佛开光那一年的事吗？"老糯答非所问，"大佛开光那天，雨一直下个不停。人们说，等一会儿开光的时候，雨就停了。结果，直到法会开始，雨还在下着。看着人们焦急的脸庞，星云大师站起来说：'今天下的不是雨，是龙天护法洒下的甘露。'听了这句话，大家轻松地笑了。"

说着，老糯伸手抓了抓蒙蒙的雨丝："你看，这是不是甘露？"

这时，舞台上的灯突然暗了，舒缓的音乐声中，五彩的灯柱射向天空。腆着大肚皮、手提布袋、满脸微笑的契此和尚出现在舞台上，身材矮胖、戴着眼镜、文质彬彬的太虚大师出现在舞台上，一群叽叽喳喳的孩子出现在舞台上，一群弯腰插秧的农民出现在舞台上……

雪窦山版的《弥勒会见记》，拉开了帷幕。

02 将饮茶

连日的雨，曾让古雨师犯了难。"僧家茶道研习所"即将在塔院挂牌，他正筹备一场露天茶会。如果雨一直这样下着，茶会怎么办？我陪他坐在廊下，忧郁地望着庭院间连绵不断的细雨。

雨点落在摩尼殿右前方的小水池里，水面上的涟漪，一个连着一个；小池中的睡莲，在雨中绽放出一朵朵洁白的花。

古雨师的书架上，新添了数本介绍巴利文佛经的书。我随手取下一本，翻看起来。其中有首诗偈，与眼前的景致很相符。释迦佛说："如果在这尘世间，身陷卑劣的贪欲，他的忧愁便增长，犹如雨后的草丛。如果在这尘世间，降伏难降的贪欲，他的忧愁便消失，犹如莲花上的雨滴。"

我说："古雨师你不需为茶会的事忧愁。因为你心里装的，不是自我的贪欲，而是利生的愿望。到茶会那一天，天或许就晴了。"

听了这些话，古雨师咧开嘴笑了。他说："办露天茶会，是因为院子里的桂花开着，闻着花香，品着茶香，多惬意！如果在太虚大师纪念堂举办茶会，下雨也不用怕了。你觉得怎样？"

一切随缘，怎么都好。

有人说，禅修要放弃一切执著，爱茶不是一
种执著吗？关键看你怎么理解。在家学禅，
你不必放弃工作，因为你要生活；你也不能
放弃修行，因为你要解脱。只要不放弃，总
能找到一种平衡的方法，让生活和修行同时
进行。

"好！就这么定了。你帮我给茶会想个名字吧。"

"将茶。"我脱口而出。

"将——茶——"古雨师徐徐地说出这两个字，过了一会儿又笑了，扭过头问我，"是'将茶会进行到底'吗？"

古雨师一拍掌，"好！"

古雨师从殿内搬出新做的"僧家茶道研习所"牌子。牌子为原木本色，上写绿漆的字，古雅大方。

我问："僧家茶道是什么意思？"

古雨师说："茶道这个概念，本来就是僧人提出来的。"

一说"茶道"，人们就容易联想到日本的茶文化。其实，茶道这个概念，起源于中国。唐代，"茶圣"陆羽的好友诗僧皎然在《饮茶歌诮崔石使君》一诗中，最先拈题"茶道"一词。

《饮茶歌诮崔石使君》全诗如下：

> 越人遗我剡溪茗，采得金芽爨金鼎。素瓷雪色缥沫香，何似诸仙琼蕊浆。一饮涤昏寐，情思朗爽满天地。再饮清我神，忽如飞雨洒轻尘。三饮便得道，何须苦心破烦恼。此物清高世莫知，世人饮酒多自欺。愁看毕卓瓮间夜，笑向陶潜篱下时。崔侯啜之意不已，狂歌一曲惊人耳。孰知茶道全尔真，唯有丹丘得如此。

作为爱茶的僧人，皎然总是好茶烹一盏，先供我佛尝。之后，才一饮涤寐、二饮清神、三饮得道。诗中第一句告诉人们，皎然饮的就是浙江剡溪一带的茶。而剡溪，恰是流经天台山、四明山、雪窦山一带的河流。皎然所用茶器是素瓷，素瓷就是白瓷；用白瓷茶盏盛茶，更能衬托出淡绿可人的茶色。酒会令人迷醉，茶则促人静思。在皎然眼里，茶是清雅出尘的。毕卓、陶渊明、崔石这些酒徒无非借酒自我麻痹而已，爱酒焉如爱茶？在茶盏的举起、放下之间，心与道相应，不一样能够消散尽烦恼吗？

僧家茶事，以俭为德；借由眼前一盏茶，心与天地万物相融；僧家事茶，皆依本心，无非甘泉、木炭、茶碗、瓶花等天然物；僧家茶会，来去随缘，无闭门谢客之拒，亦无离别伤悲之苦。

雪窦重显禅师一生喜茶，在安徽池州景德寺任首座时，池州太守来访，他以茶相待。人们知道了他的喜好后，多以好茶款待禅师，如"师到秀州，百万道者备茶筵请升堂"，又如"越州檀越备茶筵，请师升座"。

在宋代惟盖竺编写的《明觉禅师语录》中，重显禅师还经常引用赵州禅师"吃茶去"的公案启发学禅者。

"河北有个赵州和尚。曾到么。僧云。某甲近离彼中。睦州云。赵州有何言教示徒。僧云。每见新到便问。曾到此间来么。云曾到。赵州云。吃茶去。忽云不曾到。赵州亦云。吃茶去。"

"师云。踏破草鞋汉。不能打得尔。且坐吃茶。"

"师云。且请殿院归寮。吃茶坐次。"

"（雪窦）中山主为师煎茶。师问僧。尔随例吃茶。将何报答。僧云。因风吹火。师不肯。自代云。难为和尚。复云。还会么。僧云不会。师云。尔也须煎一会茶始得。"

"师云。真师子儿。吃茶了。"

"师云。洞庭难得师僧。与尔一碗茶吃。"

"师云。未到翠峰。与尔二十棒了也。僧无语。师云。且在一边。

却问第二副将。作么生。僧茫然。师云。一状领过吃茶了。"

从以上所引，可以看出，重显禅师的禅法心要与赵州禅师"吃茶去"如出一辙。在重显禅师影响下，饮茶也成为"雪窦宗风"。

有人说，禅修要放弃一切执著，爱茶不是一种执著吗？关键看你怎么理解。在家学禅，你不必放弃工作，因为你要生活；你也不能放弃修行，因为你要解脱。只要不放弃，总能找到一种平衡的方法，让生活和修行同时进行。

茶会当天上午，细雨依然连绵不断。

古雨师撑伞过来找人帮忙。每个茶席都要有插花。肖业、小雅自告奋勇去剪花枝，他们穿上雨衣，一个拎水桶，一个握花剪，到寺外寻花去了。

古雨师对我说："你也别看书了，帮我去布置茶席吧。"

古雨师抱来一堆大大小小的花器，我们一一擦拭干净，摆到茶席上。过了一会儿，肖业和小雅拎了一桶花枝回来了，有牵牛花，有竹枝，有长穗草，有山茶花，有松枝。大凡山间植物，举手所及的，他们都剪了一些回来。

我虽然读过几本与插花有关的书，但都是"纸上谈兵"，没有实际操作过。古雨师不管这些，他把花剪往我手中一塞，转身走开忙其他事情去了。

既然他赶鸭子上架，我就率性而为、从容上阵了。

记忆当中，插花以简约为美，又讲究"高低错落"。一器之中，花分为高中下三枝，高者代表天空，中者代表人，地者代表大地。因此，花朵的位置切忌在同一横线或直线上。同时，花与叶要讲究"疏密有致"，不可过密，过密则繁杂；也不可过疏，过疏则空荡。不同花种结合时，要注意"虚实响应"，花为实，叶为虚，有花无叶欠陪衬，有叶无花缺实体；花与叶在空间上，要围绕中心顾盼呼应。选择花枝，要注意"上轻下重"，花苞在上，盛花在下；浅色在上，深色在下；花枝底部要聚拢，如同根而生，上部则可以疏散多姿。

好的插花，传递出的气息，要让人看着舒服。肖业站在旁边帮我打下手。每插一瓶，我先问他："看着舒服吗？"他看着瓶中花，围着茶席绕了一圈，说："感觉还可以。"

花入茶席，我松了口气。肖业指着墙上一幅书法作品问："丙丁童子来求火，是什么意思？"

这是一句禅语。这句禅语，也是佛教中国化的一个例证。

中国传统文化讲究"五行"：金、木、水、火、土。夏历纪年讲究"天干、地支"。"天干"对应围绕着地球的木、火、土、金、水五星，每星又各有一阴阳，因此分为"甲、乙、丙、丁、戊、己、庚、辛、壬、癸"十个天干；"地支"对应着人间的十二属相、一日之中的十二时辰，即"子（鼠）、丑（牛）、寅（虎）、卯（兔）、辰（龙）、巳（蛇）、午（马）、未（羊）、申（猴）、酉（鸡）、戌（狗）、亥（猪）"。

天干之中，"丙丁"代表火。丙丁童子代表火星，是司火的。司火者为何要向别人求火呢？这说明他忘记了自己所拥有的。佛说众生都有佛性，可是众生怀中有宝而不知，偏偏向外找寻。这不就像"丙丁童子来求火"吗？

肖业若有所悟地"哦"了一声。

此刻，远处传来嘈杂的人语声，应该是参加茶会的人正在陆续走进塔院，而大殿外的雨，不知什么时候已经停了。

从雪窦山到溪口镇，路上多次经过蒋母墓。然而，来来回回不下十余次了，我们却一直没有机会去蒋母墓庐。

宏慧师听说了，让人开车把我们送到山下。

蒋母墓道的起点，是一座四柱三门的石牌坊。从这里拾阶而上，两侧松阴。过石牌坊三百米，有一座亭子矗立在道路中间。据说，蒋介石回乡祭母时，每至此亭，必弃轿而步行，故此亭被称作"下轿亭"。前方距离下轿亭不远，有一座八角雅亭静候道旁，溪口人称之"孝子亭"。传说蒋介石笃信民间习俗，他牵挂九泉之下的小脚母亲，担心她在山间行路劳累，因此筑亭供母小憩。

墓庐名慈庵，蒋介石回溪口时必住于此，为母守墓。灰墙青瓦的慈庵，有主房五间，平房三幢。主房正中，竖立着一块方形石碑，碑上有孙中山撰《祭蒋母文》及蒋介石自撰《先妣王太夫人事略》。

《事略》云："先妣于楞严、维摩、金刚、观音诸经，皆能背诵注释，龙复深明宗派。中正回里时，先妣必为之谆谆讲解，教授精详。"又云："中正尝治宋儒性理家言，而略究于佛学者，实先妣之所感化也。"

方碑左右的墙壁上，分别镶嵌着蒋介石的《哭母文》、国民党中央

母亲，是一个带着体温的词。母亲是纯棉的，
她柔软；母亲如弥勒，她包容；母亲的心浅
浅的，知足；母亲不轻易发怒，她慈悲；
母亲不自夸，她安忍；母亲乐于分享，她欢
喜；母亲凡事不先考虑自己，她无我。

执行委员会的《慰劳蒋总司令文》——"西安事变"后，蒋介石回故乡养伤，曾在慈庵住了一百多天。

哭母一文，事真意切，句句含情，更是催人泪下。

悲莫悲于死别，痛莫痛于家难，哀莫哀于亲丧，苦莫苦于孤子。呜呼！天胡不吊，夺我贤慈，竟使儿辈悲痛哀苦，至于此极哉！回溯吾母来归，已三十有六载，当吾父健在之十年间，家中鞠育之苦，嫁娶之劳，饬家接物，皆吾母一人之内助，其苦心孤诣，已可感于无穷者矣。洎乎先考中殂，家难频作，于此二十六寒暑间，内弭阋墙之祸，外御横逆之侮，爱护弱子，督责不肖，维持祖业，丕振家声，何莫非吾母诚挚精神，及无量苦心，有以致然也。呜呼！吾母艰苦卓绝之志，既如此其甚，而不孝冥顽不灵，则又如彼。回忆当时忧危之情，愧惶几若无地。痛念至此，百身莫赎。人子若斯，尚有何颜立于天地之间乎！呜呼！自今以往，外应族人，内主家庭，安能得吾母复生，再为我独承劳怨也。且复谁能容我狂愚，恕我暴戾，抚慰我激愤，曲谅我苦衷，为我代苦代忧，至死不怨，如吾母者乎？呜呼！凡昔之足以裨益于儿，不惜茹苦饮痛，自甘枉曲，明祝默祷，吁求安全，如吾母之慈圣者，今竟欲一再见其声音笑貌，而不可复得矣。呜呼！吾母一生，为乡里服劳，为国家酬德，嘉言懿行，至多极美，吾不能于伤悲之际，毕忆无遗。吾不惟痛吾母以爱护儿辈而凋瘵，以教养儿辈而病困，而又独为不肖一人以牺牲其身。虽上升兜率，无所遗恨；惟生者之罪恶之苦痛，自此益难为怀矣。吾更痛心于指胸难过之语，吾尤痛于易箦之顷，强为药好酒好以慰儿之言。自此儿虽连声直呼，不复更闻吾母之咳唾。犹忆当时吾母呼吸迫促，儿乃趋抚母背，以冀挽危亡于顷刻，然竟因是不获睹最后慈容之悲戚！呜呼恫矣！从此抱恨终身，不知生存于人世，复更有何意趣耶？其惟勉图报亲，藉慰地下之灵，末减儿辈罪孽于万一，以聊纾终天之痛恨乎。呜呼！其可得耶！其不可得耶！母而有灵，鉴斯哀忱。

从这些文字中，可以看到天下所有母亲的身影！

读完此段文字，引得我思及早逝的母亲，也不免自伤身世。一时，我亦随之涕泪涟涟。小雅默默地递上纸巾，悄悄退到慈庵外，留我在这里静静地抚平心绪。

过慈庵，沿石阶上行，遇方圆池，蒋母墓在池西侧。方圆二池，以纪其德开凿于此，大有用意。旁有说明文字："缘墓茔近处无水，遂凿方圆两池而聚之，诚应堪舆学所谓润东燥西之风水。"蒋母一生奉佛，处处慈心，临去世时，立下遗嘱要将"所遗家产之半，自办义务学校，教授乡里子弟因贫失学者"。蒋介石遵母训，初于丰镐房私宅创办武岭学校，后因招生规模扩大，移建于武山西麓。蒋母为人处世，方正圆融，是女人中的模范，故有"壶（坤）范足式"之铭。

过方圆池，即到"蒋母之墓"，墓碑上的四个字为孙文题写于民国十年。这位慈悲的老菩萨虽已不在，但她的懿德，一直为人传颂。我、小雅、肖业排成一排，对她鞠躬致敬。

蒋母墓西下侧，有"仰慈亭"，据说是蒋介石的自选墓地。当年，蒋介石对胞妹说："我平生无暇孝母，死后定要葬此，以长伴母灵，侍候永久。"然而，对于从故乡到异乡的他，这个心愿却只能付与秋风。蒋母有知，必定谅他。

母亲，是一个带着体温的词。母亲是纯棉的，她柔软；母亲如弥勒，她包容；母亲的心浅浅的，她知足；母亲不轻易发怒，她慈悲；母亲不自夸，她安忍；母亲乐于分享，她欢喜；母亲凡事不先考虑自己，她无我。

在佛法中，有"视一切众生如母"的教言。"视一切众生如母"，是生慈悲心（也是发菩提心）最便捷的法门。

为什么"视一切众生如母"，就能生慈悲心呢？

释迦佛说，在轮回的生生世世中，一切众生都曾做过我们的父母，就像今生的父母一样，他们曾对我们呵护有加，恩重如山。不知此恩，何以为人？

从呱呱坠地、蹒跚学步到独立生活，这一路走来，在我们背后时刻有一双呵护的手，是父母伸出的。为了我们，父母不知吃了多少苦、流了多少汗、流了多少泪。不念此恩，何以为人？

无论是对今生的父母，还是对一切如母众生，如果他们因不知因果而造作恶业，被愚痴、无明、执著束缚着，在苦海中沉浮，没有出离的机会，我们能袖手旁观吗？当予救度，以报母恩。不报此恩，何以为人？

报父母恩，首先要让父母生欢喜心。《论语》记载：子夏问孝。子曰："色难。"——子女能对父母报以微笑，就是孝。亦如《普贤行愿品》所说："令一切众生欢喜，即令诸佛菩萨欢喜。"不令欢喜，何为报恩？

父母所做的，未必能尽如人意，子女不要烦恼。要知道，释迦佛和弥勒菩萨等一切觉者，对充满烦恼、不断恶行的众生，只有慈悲与包容。我们如不知包容，何来慈悲？

释迦佛教导的核心，就是智慧与慈悲。这两点，也是母亲给予我们的。不同的是，释迦佛展示的是圆融境界，而母亲展示的只是初阶。

视一切众生如母，就是尊重一切众生。

关于这一点，我还听说过另一个故事。

在寺院门口，一位禅修者遇见一位六七十岁的疯婆婆。她坐在寺院门口的台阶上，用手中的竹竿敲着石阶说："你们这些睁眼瞎，给泥塑木雕的佛菩萨磕头，不给我磕头。我不也跟他们一样，有鼻子有眼吗？他们还有眼不能看、有耳不能听呢。"

听到这里，禅修者忽有所悟，"有眼不能看，有耳不能听"，这不正是佛法中的"关闭六根，不纳六尘"吗？寺院里泥塑的佛像，不正是在说这个法吗？"关闭六根、不纳六尘"，静静地观察自己的心，不就是禅吗？

听着疯婆子敲竹竿的声响，他感觉自己与虚空融为一体……

从那个境界中出来后，禅修者向疯婆婆鞠了一个躬。旁边有好多人用奇怪的眼神看禅修者。他脸一红，离开了。走出十几步，他想到这位婆婆可能缺钱，他从口袋里摸出一些钱，返身回来。

而疯婆婆已经走了。

释迦佛说："谁按着我的教导去做，我就站在谁的眼前。"视一切众生如母，是以一切众生为因缘，来成熟自己的佛性。

04 等待弥勒

人间处处有弥勒，你会在哪里遇到他？

在贵州梵净山。明代以来，就有梵净山是天冠弥勒道场的传说。明清两代，信众在梵净山金顶，增建了释迦、弥勒两殿。明代《敕赐碑》中，称梵净山是天冠弥勒的"极乐天宫"。

在辽宁千山。千山弥勒大佛是由整座山峰形成的一尊天然弥勒坐佛。大佛高七十米，五官清晰，四肢俱全，他依山而坐，胸前还隐约挂有佛珠，山间的天然山洞正好是弥勒的佛脐。1993年，赵朴初先生还题写了"千山弥勒大佛"六个大字。

在四川乐山。乐山大佛是世界上最大的石质弥勒造像。大佛依岷江东岸的凌云山断崖而造，临江端坐，相好庄严，气魄雄伟。大佛通高七十一米，仅脚背上，就可以坐百人。

在杭州灵隐寺飞来峰前。飞来峰上有一系列五代至宋元时期的摩崖造像，其中有一尊弥勒菩萨。他倚坐山岩，袒胸露腹，一手握布袋，一手持佛珠，乐呵呵地看着来来去去的进香人。

在北京雍和宫。万福阁内的弥勒木雕造像，是世界上最大的的木质立佛像。整尊弥勒佛由一根二十六米长的白檀香木雕成，像高十八米，

人间处处有弥勒，你会在哪里遇到他？

埋入地下八米作基座。这棵巨大的白檀树，是达赖喇嘛献给清代乾隆皇帝的。当年，从藏地运至京师，就用了三年时间。

在河北正定大佛寺，寺内慈氏阁中，供奉着一尊站立的弥勒木质造像。这尊宋代雕造的菩萨像，流露着浓郁的印度风情：面相饱满，手捻莲花。

在浙江绍兴柯桥柯岩风景区内，有一尊名为天工大佛的弥勒造像。佛像开凿于隋代，竣工于初唐，高二十余米，两耳可通人。弥勒造像宽颐广额，敦厚慈祥，丰满圆润，是江南古石刻艺术的珍品。

在云冈石窟。云冈第十七窟内，有一尊北魏时期开凿的交脚弥勒坐像。

…………

华夏大地，凡有弥勒造像之处，都可以称为"弥勒道场"。但是，像雪窦山这样，有布袋和尚应身示迹的弥勒道场，目前只有一处。

释迦佛在世时，曾嘱咐迦叶尊者不要涅槃（去世），要在人间"留形住世"五十六亿七千四百万年，等待弥勒在龙华树下觉悟成佛时，把释迦佛的金缕袈裟传付给他。

五十六亿七千四百万年，多么漫长的等待！

奉佛命等待弥勒的迦叶尊者，目前在哪里呢？

据说，他在鸡足山华首门内入定禅修。

鸡足山在哪里？有两种说法。

一说鸡足山在中印度的摩揭陀国。玄奘法师在《大唐西域记》中这样记录："……冈岑岭嶂，繁草被岩。峻起三峰，傍挺绝崿……其后尊者大迦叶波居中寂灭，不敢指言，故云尊足。"据此推测，印度的鸡足山位于现在印度比哈尔邦菩提伽耶东北方向三十二公里处。

　　一说鸡足山在云南宾川县。此山主脉向南耸出，余脉三支，各向一方，整个山脉看起来像鸡伸出的一足三爪，故得名鸡足山。在鸡足山顶，有山岩如门对封，名为华首门。传说，迦叶尊者就在华首门内修禅定，守护佛衣等待弥勒。因此，鸡足山被尊为迦叶道场，聚于山中修行的僧众颇多。

　　弥勒下生人间时，怎么找到迦叶尊者呢？

　　在《佛说弥勒大成佛经》中，释迦佛告诉阿难尊者："弥勒成佛后，应诸天之请，领着大众来到迦叶尊者禅定之所。到达山顶后，弥勒如来用双手开启山门，大梵天王持香油灌迦叶尊者顶。这时，迦叶尊者从禅定中出，他齐整衣服，偏袒右肩，长跪合掌，将释迦佛的袈裟供养给弥勒世尊。"

　　说到"留形住世"的尊者，在释迦佛的弟子中，迦叶尊者之外，还有另外一位宾头卢尊者。

　　宾头卢尊者喜欢向人显示神通。释迦佛说："既然这样，就罚你留形住世，常在人间吧。"世间的人，想长生不老却找不到方法；宾头卢尊者因不敢违背佛旨，而只好常在人间。一个是求之不得，一个是舍之不得。人间悲喜，孰得孰失，无有定论。为了不让宾头卢尊者活着无聊，释迦佛还给他安排了一项任务："你要为人间作福田。如果有人供千僧斋，你须前往应供。"

　　我与妻子说起这个故事时，她问："宾头卢尊者前来应供，别人能认出他吗？"

　　"宾头卢尊者来应供时，示现僧相，人们认不出来。他应供时有个特征，在他坐的供桌上，花朵不会枯萎。供斋结束后，人们通过观察供桌上花的情况，可以判断哪个应供者是宾头卢尊者。"

　　妻子当下欢喜发愿："今生我要好好修福，供一次'千僧斋'，跟宾头卢尊者结个缘。"

《等待弥勒》这个标题，从法国剧作家贝克特《等待戈多》一名化用而来。

《等待戈多》是一部二幕的现代派荒诞剧。

第一幕：黄昏，小路旁的枯树下，两个身份不明的流浪汉，在等待一个名叫戈多的人。他们不知道戈多是谁，也不知道戈多什么时候来。他们在无望的希望中，苦苦地等待。天快黑了，来了一个小孩，告诉他们："戈多今天不来，明天来。"

第二幕：次日黄昏，两人如昨天一样，等待戈多到来。唯一的不同，是那棵枯树长出了四五片叶子。天黑时，那个孩子又来了，他告诉他们："戈多今天不来，明天来。"

贝克特说，《等待戈多》的主题是"等待希望"。

剧中的等待，虽然只有两天，却象征着漫长的人生。戈多是谁？他为什么迟迟不来？没有人知道。贝克特写出的，是没有希望的等待，是人的孤立无援、恐惧幻灭甚至痛苦绝望。

《金刚经》说，释迦佛是"真语者、实语者、不妄语者"，他不会骗我们的。所以，等待弥勒，是有希望的等待。

曾有人问："观音菩萨在哪里？"

太虚大师说："清净为心皆普陀，慈悲济物即观音。"

也有人问我："弥勒菩萨在哪里？"

我模仿太虚大师的回答说："知足为心皆兜率，欢喜包容即弥勒。"

小雅问我："兜率是什么意思？"

"梵语中的'兜率'，在汉语中，是'知足'的意思。"

小雅说："等待弥勒，固然是有希望的等待。但要等五十六亿七千四百万年，太漫长了。"

　　我问她："你是选择等待呢，还是知足、欢喜、包容地活在当下？"

　　小雅呵呵一笑道："我选择活在当下，在知足、欢喜、包容中等待弥勒。"

图书在版编目（CIP）数据

世界因你而欢喜／马明博著. —北京：生活·读书·新知三联书店，
2015.9
（生活禅）
ISBN 978 - 7 - 108 - 05461 - 6

Ⅰ. ①世…　　Ⅱ. ①马…　　Ⅲ. ①散文 - 中国 - 当代
Ⅳ. ① I267

中国版本图书馆 CIP 数据核字（2015）第 194390 号

责任编辑　唐明星
装帧设计　康　健
责任印制　徐　方
出版发行　生活·讀書·新知 三联书店
　　　　　（北京市东城区美术馆东街 22 号　100010）
网　　址　www.sdxjpc.com
经　　销　新华书店
印　　刷　北京市松源印刷有限公司
制　　作　北京金舵手世纪图文设计有限公司
版　　次　2015 年 9 月北京第 1 版
　　　　　2015 年 9 月北京第 1 次印刷
开　　本　880 毫米 × 1230 毫米　1/32　印张 8.75
字　　数　110 千字　图 42 幅
印　　数　00,001 - 15,000 册
定　　价　38.00 元
（印装查询：01064002715；邮购查询：01084010542）